COLLECTION FOLIO

Raymond Radiguet

Le Bal du comte d'Orgel

Édition présentée
par Bernard Pingaud

Gallimard

UNE MACHINE A TAILLER
LE CRISTAL

*Un premier livre vient tout seul ; le second se fabrique, et c'est
là, traditionnellement, qu'on attend l'écrivain. Radiguet franchit l'obstacle avec éclat en publiant, un an après Le Diable
au corps, Le Bal du comte d'Orgel. « Promesses tenues »,
écrit Cocteau. C'est peu dire. Passant d'un livre à l'autre, on a
le sentiment d'une véritable mue : l'œuvre de maîtrise, élaborée à
froid, succède au récit spontané, jailli d'une expérience personnelle. Le chien fou cynique se change en moraliste hautain. On
quittait un adolescent, on trouve un homme mûr.*

*Cette impression n'est pas fausse, mais elle mérite d'être
sérieusement nuancée. Radiguet a commencé à prendre des notes
pour le Bal dès 1921, et la première version complète du roman,
qui date de l'été 1922, est antérieure au lancement du Diable.
S'il y a, entre les deux livres, une distance, il y a aussi une
étonnante continuité. Ils se suivent de trop près pour qu'on puisse
parler de changement de cap : d'une certaine façon, le Bal —
sous une autre forme, dans une autre perspective — est une
répétition du Diable. La différence la plus nette, à mon sens, ne
réside pas dans le passage du « je » au « il » ni dans la
brusque conversion du romancier qui, après avoir célébré les*

*plaisirs de la chair, découvre les exigences de la « pureté » ; et il
s'agit plus d'une évolution que d'une rupture : en tâtonnant à la
recherche de son livre*[1], *Radiguet invente sa* méthode. *De là
vient qu'utilisant un matériau sensiblement analogue, il en
arrive à fabriquer une œuvre toute différente : entre-temps,
les intuitions ont fait place non seulement aux certitudes, mais à
la volonté de prouver. Il y a quelque chose de presque
pédagogique dans la rigueur du* Bal. *Et c'est sans doute sa
virtuosité même qui le dessert aujourd'hui auprès de nombreux
lecteurs plus sensibles au naturel du* Diable.*

Une note, vraisemblablement tardive, intitulée « Le Bal
d'Orgel » et que Cocteau a publiée dans sa préface de 1924
nous révèle en peu de mots la « recette » du romancier :« Roman
où c'est la psychologie qui est romanesque. Le seul effort
d'imagination est appliqué là, non aux événements extérieurs,
mais à l'analyse des sentiments. » De nombreux critiques ont
relevé ce propos. Mais, chose curieuse, aucun d'entre eux,
Thibaudet mis à part*[2], *ne semble s'être posé — peut-être parce
que la réponse va de soi, ou peut-être, au contraire, parce qu'il
est très difficile d'y répondre — la question qui devrait
normalement venir à l'esprit : qu'est-ce que le* romanesque *?
C'est pourquoi, avant d'examiner le* Bal *sous cet angle, je me
permettrai un petit détour théorique.*

---

1. Grâce aux travaux de Mme Odouard complétés par ceux de M. Oliver,
nous connaissons aujourd'hui les versions successives du *Bal*. Le texte paru
chez Grasset, en 1924, que j'utilise ici, est très éloigné du manuscrit initial.
Voir ci-dessous, p. 215, « Le *Bal* dans tous ses états ».
2. Son article d'août 1924 sur « La Psychologie romanesque », repris plus
tard dans *Réflexions sur le roman*, reste un des meilleurs que le *Bal* ait inspirés.
On le trouvera reproduit p. 229.

L'habitude et la nouveauté

Thibaudet définit le romanesque comme « l'effort pour rompre avec une logique, un automatisme, un conformisme, une habitude ». Le « romanesque pur », nous dit-il, est « fait d'inattendu, de création et de commencement absolu ». Cherchant ensuite à préciser ce qui constitue le « romanesque psychologique », il croit le découvrir là où « les sentiments et les actions des personnages font éclater et démentent tous les cadres préconçus dans lesquels le lecteur pouvait les prévoir, et aussi dans lesquels ils pouvaient, le moment d'auparavant, se prévoir eux-mêmes ».

L'observation est judicieuse et s'applique, nous le verrons, parfaitement au Bal. Mais elle s'accorde mal avec une autre remarque sur laquelle Thibaudet aime à insister : à savoir que la plupart des chefs-d'œuvre du roman sont « construits contre le romanesque ». Devons-nous penser que les grands romanciers sont ceux qui cultivent le cliché et se vautrent dans le conformisme ? Évidemment non. C'est donc que la notion de romanesque n'est pas si simple. Il n'y a pas de « romanesque pur » ni de « commencement absolu ». Le sentiment romanesque naît toujours d'un jeu subtil, d'un dosage instable et confusément perçu par le lecteur entre le « même » et l' « autre[3] ». Il faut que le roman soit assez « autre » pour rafraîchir l'éternelle représentation du même, et il faut également qu'il soit assez « même » pour rendre l'autre acceptable. Ces deux éléments n'ont, bien entendu, aucune réalité objective.

---

3. Je me permets de renvoyer, sur ce point, aux études réunies dans la première partie de *Comme un chemin en automne*, Gallimard, 1979.

Le « même » et l' « autre » n'existent pas en soi ; ce ne sont que des points de vue sur le monde, de simples représentations qui relèvent, à ce titre, de la croyance. Étant donné que de telles représentations sont essentiellement changeantes et peuvent toujours se retourner, en quoi consiste le problème du romancier ? Non pas, comme il le prétend pour des raisons purement tactiques, à opposer le « vrai » à l'illusion, car tout roman fait appel à l'illusion. Mais à imposer une représentation nouvelle, « inattendue », contre la représentation « habituelle ». Une double manœuvre est nécessaire pour y parvenir : elle consiste, d'une part, à disqualifier l' « habitude », en montrant qu'elle n'est qu'un « cliché », d'autre part à justifier l' « inattendu » en lui donnant l'air d'une vérité encore inaperçue. D'où l'ambiguïté essentielle, nécessaire de la notion de romanesque, qui explique qu'écrire un roman soit toujours aussi écrire contre le roman : dans un cas, elle désigne le « conformisme », l' « habitude », la « logique » (c'est-à-dire le romanesque auquel on ne croit plus), dans l'autre l' « inattendu », ce qui « dément » la représentation courante (c'est-à-dire le romanesque auquel il faut croire).

L'auteur du Bal *n'était pas un théoricien ; mais tout se passe comme si, écrivant son roman, il avait repéré ce mécanisme de bascule et décidé d'en faire un usage systématique. Ce que Thibaudet appelle l' « inattendu », il le nomme tout simplement la « nouveauté ». La nouveauté s'oppose à l' « habitude ». Radiguet aime jouer avec ces deux mots. Dans le* Bal, *la « toquade » d'Anne d'Orgel pour François de Séryeuse est justifiée par le « plaisir de trouver de la nouveauté dans l'habitude ». Dans le* Diable, *on lisait, à l'inverse : « Ce n'est pas dans le nouveau, c'est dans l'habitude que nous trouvons les plus grands plaisirs. » Pour que la formule puisse ainsi se renverser, il faut que le nouveau ne s'oppose pas de façon radicale à l'habituel. Le plaisir réside moins dans le contraste que dans un dosage, qui peut varier selon les circonstances, ou mieux encore, dans une tension.*

Or, quand Radiguet réfléchit sur son travail, c'est exactement de la même façon qu'il pose le problème. Pourquoi fait-il l'éloge de la « simplicité » ? Pourquoi recommande-t-il d'écrire « comme tout le monde » ? Parce que c'est, d'après lui, la meilleure façon de se distinguer. Ainsi cette remarque sur le bon usage du « lieu commun » : « Selon qu'il est manié par un auteur vulgaire ou non, le lieu commun est vulgaire ou précieux. Vulgaire, il est sans aucune force ; le rendre précieux c'est la tâche de l'écrivain de talent. » Ou ce propos sur la « banalité » : « La discipline que doit s'infliger tout écrivain qui a une personnalité, c'est de rechercher la banalité[4]. »

Il y a donc une remarquable correspondance entre l'attitude esthétique d'un côté, le raisonnement psychologique de l'autre. Cocteau parle, à propos du Bal, d'une « machine à tailler le cristal ». Le roman de Radiguet est le produit raffiné, lumineux de cette double stratégie.

L'imitation

Quoi de plus « banal » que l'imitation ? Et peut-on imaginer plus sévère discipline pour un romancier que de mettre

---

4. On retrouve la même idée chez Cocteau : « Un artiste original ne peut pas copier. Il n'a donc qu'à copier pour être original » *(Le Rappel à l'ordre)*. Voir aussi ce que Radiguet écrit de la « nouveauté en art » dans son article de 1921, « Ingres et le cubisme », *Œuvres complètes*, Club des Libraires de France, t. II, p. 223.

délibérément ses pas dans les traces d'un autre ? Ainsi Radiguet décide-t-il d' « installer son chevalet » devant La Princesse de Clèves [5].

Le roman de Mme de La Fayette n'est certainement pas la seule « source » du Bal. On a évoqué Laclos, Gobineau (notamment l'histoire du troisième Calender dans Les Pléiades), Proust. D'autres livres mériteraient d'être cités, qui ne sont pas aussi célèbres. Radiguet lisait beaucoup, et un peu à tort et à travers. On sait, par les confidences de ses amis, qu'il faisait une grande consommation d'œuvres de second rayon du XVIIIe siècle, qu'il se livrait volontiers à de longues comparaisons sur les qualités respectives de Bourget et de Bordeaux (avec une nette préférence pour ce dernier) et qu'en 1922, l'année même où il écrivait le Bal, au Lavandou, il s'enchantait d'un « chef-d'œuvre » un peu oublié aujourd'hui : Julia de Trécœur d'Octave Feuillet. Je n'essaierai pas d'établir, à mon tour, que le vrai maître de Radiguet est Feuillet [6]. Rien n'est plus vain que la recherche des « sources » : si elles existent, elles ne sont jamais là où on croyait les trouver, et la plupart du temps aussi inattendues qu'insignifiantes. Il en va autrement du modèle, lorsqu'il est désigné avec ostentation.

Le « stratagème » le plus sûr pour « faire passer la nouveauté » consistant, selon Radiguet, à « choisir un sujet peu surprenant [7] », il décide donc d'imiter Mme de La Fayette. Le

5. L'expression est de Cocteau dans ses *Entretiens avec André Fraigneau*, 10-18, 1965, p. 37.

6. L'entreprise mériterait pourtant d'être tentée si l'on en juge par ce *Bilan* que Radiguet publie en mars 1922 dans *Catalogue* et où il n'hésite pas à saluer en Feuillet un auteur « profondément immoral », doué d'un remarquable « tact dans l'audace ». « A côté d'une Julia de Trécœur, écrit-il, combien fade la pauvre Emma ! » *Œuvres complètes*, II, p. 242.

7. Article cité sur « Ingres et le cubisme ».

parallèle avec La Princesse de Clèves *est un exercice
rhétorique auquel on peut difficilement échapper quand on parle
du Bal. Les appréciations les plus diverses ont été portées,
pendant un demi-siècle, sur les mérites comparés des deux
romans* [8]. *La plus courante consiste à dire que la copie, quels que
soient ses mérites, ne vaut pas l'original. « Image pâle »,
« délicat pastel », écrit par exemple Marcel Arland ; et
Charles du Bos parle de « la plus ténue des reprises inspirées
par* La Princesse de Clèves ». *Dans son essai sur Radiguet,
Clément Borgal se fait l'avocat du Bal, en soulignant les
différences entre les deux livres plutôt que leurs analogies. Le
romanesque de Radiguet lui paraît beaucoup plus proche de
l'« expérience quotidienne » que celui de M*ᵐᵉ *de La Fayette ;
il exprime une autre conception du « symbolisme littéraire ».*

*Mais la critique la plus intéressante reste celle de Claude-
Edmonde Magny qui, curieusement, consacre plus de pages au
Bal (qu'elle n'aime pas) qu'au* Diable *(qu'elle considère
comme un chef-d'œuvre). Tel Sartre fustigeant Mauriac, elle
dénonce en Radiguet un de ces adeptes du narrateur omniscient
qui manœuvre sans vergogne ses personnages et multiplie, pour
mieux les tenir en laisse, les affirmations sentencieuses et les
maximes a priori. Contrairement à M*ᵐᵉ *de La Fayette qui
« découvre à mesure les sentiments de son personnage »,
Radiguet sait tout d'avance. Le résultat est un roman purement
« statique », où les personnages sont réduits à de simples
« essences figées ». C'est que Radiguet paie, dans le Bal, les
conséquences d'une « émancipation précoce ». Incapable d'inventer par lui-même, il se cherche un tuteur. Et sa faiblesse se*

8. Voir notamment l'article de Marie-Claude Senninger dans *Symposium*,
XVII, n° 2, été 1963.

retourne en présomption. Élève brillant, mais trop jeune, sa
« *copie* » *souffre d'un défaut sans appel :* « *la complaisance
envers soi et ce qu'on écrit, l'attitude passéiste et non plus
créatrice adoptée envers soi-même*[9] ».

  *Tout n'est pas faux dans cette analyse, sauf que le parti pris
initial de C.-E. Magny la rend aveugle à la* « *nouveauté* » *du
livre, c'est-à-dire à l'usage que Radiguet fait de l'imitation. En
fait, savoir si Radiguet a bien ou mal suivi son modèle est moins
intéressant que de s'interroger sur le projet lui-même. L'imitation implique évidemment un certain nombre de contraintes :
c'est le tribut payé à l'habitude, il faut que la copie soit*
« *ressemblante* ». *Radiguet choisit donc, comme M*me* de La
Fayette, des personnages de condition* « *élevée* », *vivant dans un
grand monde — le Tout-Paris des* « *années folles* » *— où,
comme à la cour d'Henri II, les réceptions, les intrigues, la*
« *galanterie* » *sont des remèdes à l'oisiveté. Comme M*me* de La
Fayette, il raconte une histoire d'amour : Mahaut, femme
d'Anne d'Orgel, s'éprend d'un ami de son mari, François de
Séryeuse. Passion partagée et interdite : nous la voyons naître à
la faveur de menus incidents, nous assistons aux ruses que
déploient les deux héros pour se la dissimuler à eux-mêmes.
Comme dans* La Princesse de Clèves, *le devoir est invoqué
contre le désir. Comme M*me* de Clèves enfin, Mahaut, prête à
succomber, cherche refuge auprès de son mari à qui elle avoue tout.*

  *Le thème général est donc bien celui du roman de M*me* de La
Fayette. Par son élégance un peu surannée, son* « *classicisme* »
voulu, l'écriture s'y réfère aussi. Des mots comme « *calme* »,
« *agitation* », « *tranquillité* », « *trouble* », *qui hantent le*
Bal, *viennent directement de M*me* de La Fayette. Enfin, si La*

---

  9. *Histoire du roman français depuis 1918,* Le Seuil, 1950, pp. 106-127.

Princesse de Clèves *a inauguré la tradition du roman d'analyse — c'est-à-dire d'un roman dont l'analyse est le moteur principal, voire unique —*, il est clair que le Bal s'inscrit ostensiblement dans cette tradition.

Mais l'imitation est aussi un « stratagème ». La meilleure façon de pénétrer dans le Bal *consiste, probablement, à examiner comment, à l'intérieur du cadre ainsi tracé, Radiguet s'arrange pour « faire passer la nouveauté ». Deux sortes de « variations » distinguent, en gros, la copie de l'original.*

Les unes portent sur les personnages. Le procédé auquel Radiguet a recours pour se singulariser est celui du renversement. Dans le roman de Mme de La Fayette, le mari aime passionnément sa femme, laquelle n'a pour lui que de l'estime. Ici, c'est l'inverse : « [Mahaut] *s'éprit follement de son mari qui, en retour, lui en témoigna une grande reconnaissance et l'amitié la plus vive, que lui-même prenait pour de l'amour.* » *Mahaut est vertueuse, comme Mme de Clèves. Mais c'est une vertu fragile, faite d'inconscience plus que de véritable rigueur. Aucune mère, d'ailleurs, ne l'a mise en garde contre les périls du monde. Elle les traverse en somnambule et c'est sa seule ignorance d'elle-même, alliée à une passivité toute « créole* [10] *», qui l'empêche d'y succomber.*

Anne, de son côté, n'a ni la profondeur ni la solidité de M. de Clèves. C'est un être essentiellement frivole, que les vraies passions dérangent et qui ne se sent à l'aise que « dans une atmosphère factice, dans des pièces violemment éclairées, pleines

---

10. Mahaut est « née pour le hamac sous des cieux indulgents ». Cet aspect était sensiblement plus marqué dans la première version. Une note préparatoire parle de « roman créole », et cite *Paul et Virginie*, dont Radiguet a d'ailleurs écrit en 1920, avec Cocteau, une adaptation que Satie devait mettre en musique.

de monde ». *On peut aimer sa gentillesse, sa prodigalité, sa drôlerie. Mais les pitreries auxquelles il se livre à la fin du livre, dans la scène de préparation du bal, révèlent sa vraie nature : seules comptent pour lui les convenances. Viendrait-il à disparaître, on imagine mal Mahaut se sacrifiant à la mémoire d'un tel fantoche.*

Quant à François, il est lui aussi, à plus d'un égard, le contraire de son modèle. Jeune, timide, peu habitué au monde et à ses usages, il n'a pas la prestance de Nemours ni ses hautes ambitions. Pour aimer Mahaut, il n'a besoin de rien lui sacrifier. Et cet amour se satisfait aisément des obstacles qu'il rencontre. Davantage : on dirait qu'il les recherche : « La reconnaissance de François le fit se féliciter d'un amour qui ne pouvait recevoir aucune réponse. »

Au total, les protagonistes du Bal ont entre eux un trait commun qui les distingue du trio mis en scène par Mme *de La Fayette : c'est leur fragilité. D'où l'insistance avec laquelle Radiguet souligne — comme s'il voulait les mettre miraculeusement à l'abri de tout péril — leur « pureté », leur « blancheur ». Vertu exceptionnelle, sorte de grâce dont on ne trouve aucun équivalent dans La Princesse de Clèves.*

Les variations qui affectent l'intrigue sont nombreuses dans le détail. Trois d'entre elles me semblent particulièrement importantes pour l'interprétation du roman.

D'abord, Radiguet réduit au minimum l'aspect social du livre. La Princesse de Clèves, en même temps qu'une histoire d'amour, était un document sur la vie de cour, telle que l'a connue Mme *de La Fayette. Les intrigues, les ambitions y jouent un rôle important, soit qu'elles aient une influence directe sur les relations entre M*^me^ *de Clèves et Nemours, soit que, comme les*

*diverses narrations secondaires, elles servent à Mme de Clèves
d'avertissement ou d'exemple. Le Bal est une pièce qui se joue à
huis clos.* « *Ce n'est pas une peinture du monde* », *dit Radiguet
dans la note déjà citée.* « *Le décor ne compte pas.* » *Il est
remarquable que la première version accordât à la généalogie
des personnages, à la description du milieu, aux personnages
secondaires (Paul Robin, par exemple) une place beaucoup plus
grande. L'histoire du roman est celle d'un rétrécissement
progressif*[11]. *Le gros plan remplace le panoramique. Radiguet
gomme la plupart des indications qui pourraient détourner
l'attention des lecteurs du trio central. Ne restent que des
allusions rapides, des anecdotes amusantes, et quelques ragots
domestiques destinés à camper un « décor » dont l'action
pourrait, en effet, fort bien se passer. Encore cet aspect du livre,
marqué au début, tend-il à s'estomper à mesure que l'objectif du
narrateur focalise sur les rapports de plus en plus subtils et ténus
entre les trois héros. Le « monde » ne réapparaît, comme au
cirque, que pour la parade finale, où tous les personnages
rassemblés assistent à un drame que personne, en réalité, ne
voit*[12]. *L'intrigue du Bal est insignifiante. Tout se passe en
déjeuners, en promenades, en conversations. Des propos ambi-
gus, des gestes échappés, des mensonges plus ou moins
volontaires, voilà à quoi se réduit l'action : tâtonnante,
minutieuse, progressant à coups de malentendus.*

*Ensuite, la donnée psychologique initiale est complètement
différente. Dans* La Princesse de Clèves, *nous assistons à
deux « coups de foudre » successifs. Lorsque M. de Clèves,*

11. Voir ci-dessous p. 215.
12. Dans *La Princesse de Clèves*, c'est, au contraire, le moment où le
« monde », devenu inutile, s'éloigne.

puis le duc de Nemours rencontrent l'héroïne, ils sont tous les deux « *tellement surpris de sa beauté* » que le premier ne peut « *cacher sa surprise* » ni le second taire son « *admiration* ». Ces deux amoureux ne se rencontreront jamais en dehors de la Cour. Ils n'ont aucune relation personnelle et leurs destins suivent des cours séparés. Le coup de foudre, dans le Bal, est d'un autre ordre. C'est Anne d'Orgel qui se « *toque* » de François, ce n'est pas François qui succombe au charme de Mahaut. Certes Mme d'Orgel est « *belle* » ; mais elle est aussi « *méprisante et distraite* ». Cette distraction tient, Radiguet nous le précise, à « *son amour pour le comte* ». Séryeuse se trouve donc, d'emblée, en présence d'un couple et, qui plus est, d'un couple qui lui paraît « *tendrement uni* », comme on le voit lorsque le mari et la femme dansent ensemble à Robinson. Une telle harmonie devrait lui déplaire et le rendre jaloux. Elle l'attire, au contraire : « *Cette union lui faisait plaisir.* » Il y a du « *romanesque* », du « *merveilleux* » dans la scène de Médrano. Mais il ne tient pas à l'apparition de Mahaut. Ce qui est romanesque, c'est la rencontre avec « *les Orgel* » : « *Ce tour qu'ils voulaient jouer à Paul les liait. Ils se sentaient complices.* » Le Bal est donc l'histoire d'un « *amour à trois* ». Nous verrons plus loin ce que cache cette version moderne du triangle.

Enfin, le dénouement du livre surprend. Alors que, dans La Princesse de Clèves, l'aveu est la péripétie décisive qui entraîne d'abord la mort de M. de Clèves, puis la rupture définitive avec Nemours, et finalement l'apaisement (Nemours « *oublie* », Mme de Clèves se retire du monde), le roman de Radiguet s'arrête là, brusquement[13]. Anne, un moment ébranlé

---

13. En fait, il y a deux aveux successifs dans le *Bal*. Le plus important n'est pas le dernier, puisque Anne refuse d'en tenir compte. C'est l'aveu par lettre à

par les révélations de sa femme, retrouve ses réflexes de mondain : le bal aura lieu, comme si de rien n'était. Nous ne savons donc pas ce que deviendront nos deux héros, maintenant informés de leurs sentiments réciproques. Peut-être céderont-ils, peut-être résisteront-ils : toutes les interprétations sont permises.

Le caractère déroutant de cette fin a été souvent souligné. M. Oliver propose une solution simple [14] : partant du principe que le Bal, comme le Diable, décrit une évolution cyclique — ordre, désordre, restitution de l'ordre —, il observe que, dans le Bal, « le cycle historique n'est pas complet ». Le roman se termine avant que n'éclate la « véritable crise ». Mais rien n'empêche le lecteur de le continuer : Mahaut cédera à François, les deux amants connaîtront les joies et les tourments de l'amour, et la société — ou l'usure du temps, ou l'inconstance — aura finalement raison d'eux. Cette suite est d'ailleurs inévitable si l'on se rappelle que, dès le premier soir, à Robinson, Mme d'Orgel et Séryeuse ont bu le philtre d'amour préparé par Anne. Comment pourraient-ils échapper à leur destin ?

Il est toujours permis de rêver. Mais le respect du texte doit être, pour le critique, la règle majeure. Si Radiguet avait voulu écrire une suite au Bal, il l'aurait écrite, fût-ce sous la forme d'un bref épilogue. Se demander ce que les personnages deviennent « après » est vain puisque, par définition, les personnages naissent et meurent avec le roman lui-même :

Mme de Séryeuse, dont on peut penser qu'il est destiné, par personne interposée, à François lui-même. Autre différence notable avec *La Princesse de Clèves.*

14. « *Le Bal du comte d'Orgel* : structure, mythe et signification », *Revue des langues romanes,* t. LXXXI et LXXXII, Montpellier, 1975-1976. M. Oliver voit dans le *Bal* un roman initiatique fondé sur le « mythe de la quête ». Lecture subtile et fort séduisante, qui nous éloigne nettement de *La Princesse de Clèves.*

du moment où l'histoire s'arrête, tout est dit à leur sujet.

Une autre explication, qui s'appuie, elle aussi, sur une comparaison minutieuse avec le Diable, nous est proposée par Mme Odouard[15]. Le Bal serait, en quelque sorte, un grossissement du roman précédent : tandis que le narrateur du Diable décrit toute la courbe qui va de la naissance à la mort de l'amour, celui du Bal se limite à « reprendre au ralenti la première étape de cette courbe ». Comment l'amour se forme-t-il et comment en prend-on conscience ? Ce sujet rapidement traité dans le Diable remplit les deux cents pages du Bal et retient seul l'attention du romancier. L'explication est ingénieuse, mais elle suppose que l'on puisse isoler, dans un processus continu, une première étape bien distincte. Si tel était le projet de Radiguet, il est allé trop loin : à partir du moment où Mahaut et François sont informés de leurs sentiments, on est déjà dans une deuxième phase ; le congé brutal que nous signifie l'auteur en esquivant la scène d'explication que chacun souhaite et redoute semble d'autant plus surprenant.

L'analyse

Cette brusquerie indique au moins que, pour Radiguet, la suite des rapports de Mahaut et de François n'a pas beaucoup d'importance. On peut supposer, dès lors, que l'histoire elle-même n'en a pas plus. L'intrigue du Bal, c'est le sujet emprunté, l'air connu qui rassure. C'est, au fond, l' « habi-

---

15. Mme Odouard a soutenu, en 1974, une thèse d'État sur *Raymond Radiguet et l'amour*, et une thèse complémentaire, *Le Bal du comte d'Orgel*, édition critique. Ces travaux étant inédits, il n'est pas facile d'y avoir accès. Mais Mme Odouard a résumé l'essentiel de ses conclusions dans *Les Années folles de Raymond Radiguet*, Seghers, 1973.

tude ». *Au-delà des variations apportées par Radiguet au schéma traditionnel, la « nouveauté » réside dans un changement d'optique. M*^me^ *de La Fayette décrivait les moments successifs d'une passion ; Radiguet met en lumière un mécanisme. L' « analyse » n'est plus, chez lui, l'instrument d'une recherche. Elle devient l'objet même du récit :* « Le seul effort d'imagination est appliqué là, non aux événements extérieurs, mais à l'analyse des sentiments[16]. *Tel est bien, en effet, le romanesque du* Bal. *Il s'agit moins de conduire le lecteur insensiblement d'un point à un autre que de faire jouer, à chaque pas, les rouages d'une machine délicate dont le narrateur connaît seul le mode d'emploi.* « Partie d'échecs », *note Thibaudet, qui évoque justement le génie mathématique d'un autre créateur précoce, Évariste Galois. A la source du romanesque psychologique, il y a* « une étonnante capacité d'abstraction, de schématisme et de mouvement ».

Cette capacité se manifeste de plusieurs façons. D'abord, par un usage systématique de ce que j'ai nommé plus haut le renversement. *Là où on attendait une explication d'un certain type (conforme à l' « habitude », à la « logique »), le narrateur propose l'explication contraire. Les exemples abondent. En voici quelques-uns, choisis au hasard de la lecture :* « Il semble que dans la séparation, il devrait être plus facile de se déguiser. C'est juste le contraire. » » « L'absence les gênait de celui dont la présence gêne d'habitude les amants. » « Il pensait aimer dans le vague, alors qu'il ne ressentait du vague qu'à

---

16. Il faut un certain parti pris, ou une étrange myopie, pour voir dans cette phrase, comme C.-E. Magny, la preuve que Radiguet considère les sentiments « comme quelque chose qui est d'avance donné, préexistant à l'analyse qui s'appliquera à eux ». C'est le contraire : l'analyse produit les sentiments et les fait bouger à volonté.

cause d'un choc bien net. » « Il se reprocha de ne pas mêler
[Mme de Séryeuse] à sa vie, comme s'il eût eu honte d'elle.
C'était par honte, en effet, mais à rebours, uniquement parce
qu'il n'avait encore rencontré personne qui lui parût digne de sa
mère. »

Le narrateur est parfaitement conscient du caractère para-
doxal de telles explications. Il n'hésite pas, le cas échéant, à les
qualifier d' « incroyables », d' « extravagantes ». C'est qu'elles s'appliquent à des personnages hors du commun, entre qui
« tout se déroule sur un mode élevé dont on n'a pas l'habitude ».
Séryeuse, par exemple, vit dans un monde où les valeurs sont « à
l'envers ». Voilà pourquoi, séparé de ses amis, il décide de
sortir de son silence : « Non qu'il crût que les Orgel
accuseraient ce silence d'être inamical, mais par crainte au
contraire qu'il ne révélât son amour. »

N'en concluons pas, toutefois, qu'il suffit de prendre
systématiquement le contre-pied de l' « habitude » pour établir
la « nouveauté » dans ses droits. Car cette extravagance est
aussi une forme de naturel, de simplicité. A ceux qui vivent dans
le « monde » tout court, où chacun joue un rôle, les raisons les
plus simples apparaîtront, à l'inverse, les moins croyables. Il y
a un romanesque du naturel qui contredit la « fable » et qui
suppose, de la même façon, son renversement. Ainsi Paul, qui
« juge la vie comme un roman », croit-il que l'histoire du
cousinage a été inventée de toutes pièces pour couvrir une liaison.
C'est une réaction de « valet de pied » : « La fable lui
paraissait maladroite, comme ce qui est vrai. » Le vrai ne va
pas de soi : produit d'une relation toujours fragile, toujours
renversable entre la nouveauté et l'habitude, il ne se présente
jamais où on l' « attend ».

Entre les personnages, le malentendu *remplit une fonction analogue. L'effet d'une parole ou d'un geste n'étant pas celui qu'on croit, l'autre à qui ce signal est destiné se trouve dans la situation où nous nous trouverions nous-mêmes si le narrateur n'était là pour « renverser » notre jugement. François, Anne et Mahaut passent leur temps à se tromper sur ce qu'ils croient voir ou comprendre, et c'est l'enchaînement de ces erreurs qui, bien plus que les événements, constitue l'intrigue.*

Chose curieuse, le mot « malentendu » n'apparaît qu'une fois dans le roman. Mais il n'est guère de page où Radiguet n'utilise le procédé. Le bénéfice romanesque qu'il en tire est clair : en mettant les personnages en porte à faux les uns par rapport aux autres et aussi par rapport à eux-mêmes, le malentendu permet un perpétuel effet de surprise. Le postulat tacite du narrateur est qu'il existe de tout événement au moins deux explications possibles, et qu'on choisit immanquablement la mauvaise parce qu'on ne veut pas ou on ne peut pas voir la bonne. Cette règle admise, il suffit de déplacer les pièces du jeu de telle sorte qu'à chaque erreur de l'un réponde une erreur de l'autre pour que la partie ne cesse de rebondir.

Au centre du dispositif, le malentendu majeur résulte de la relation triangulaire. Chacun des trois héros, quand il s'interroge sur lui-même, quand il analyse l'évolution de ses sentiments, raisonne en fonction non pas d'un, mais de deux partenaires. Mahaut ne veut voir dans François que l'ami de son mari ; François n'imagine pas d'autre « bonheur » que « l'accord d'Anne et de Mahaut » ; et Anne trouve dans la « convoitise » de François une raison de s'intéresser enfin à sa femme. Chacun déplace ainsi sa véritable préoccupation sur autre chose : Mahaut la confond avec le « devoir conjugal », François l'abrite derrière son amitié pour Anne, et Anne, le plus aveugle des trois, croit naïvement naître à un « sentiment nouveau[17] *».*

Ce malentendu fondamental s'accompagne, à chaque étape du
roman, de malentendus partiels qui l'alimentent, le renforcent et
où se trouvent pris, selon les cas, deux, trois, voire quatre
personnages. L'exemple le plus simple est celui de la scène du
baiser. Anne invite les deux « cousins » à s'embrasser. Il ne
sait pas qu'il joue avec le feu. François et Mahaut, eux, le
savent. Mais ils ne peuvent pas le laisser paraître. Donc, ils
feignent de prendre la chose en riant et se trompent ainsi
mutuellement sur leur attitude. Plus complexe est la réaction de
Naroumof à la scène du chapeau. Étonné par le geste de
Mahaut, il résiste d'abord à la tentation du malentendu. La
comtesse, pense-t-il, doit avoir une « raison secrète ». Elle en a
une, effectivement. Voilà donc Naroumof, le seul qui la
« connaisse mal », « proche de la vérité ». Mais à peine a-t-il
« brûlé » qu'il s'engage dans la mauvaise direction : « Où
Naroumof se trompa, ce fut en y voyant un geste d'amour
conjugal. » C'est un triple malentendu qui, à Robinson, fait
croire à Mahaut que François s'intéresse à Hester Wayne, à
Hester Wayne qu'elle a conquis François, et qui empêche
François de les détromper toutes les deux. C'est sur un
malentendu que se fonde l'interprétation mondaine (celle de
Paul en particulier) du « cousinage ». C'est une suite de
malentendus qui fait échouer la mission confiée par Mahaut à
Mme de Séryeuse : parce qu'elle se trompe sur la conduite de
Mahaut, elle lui révèle les véritables sentiments de François ;
parce que l'aventure lui paraît « trouble », elle révèle à

---

17. De ce point de vue, le *Bal* illustre parfaitement la théorie du « désir
mimétique » chère à René Girard. Voir *Mensonge romantique et vérité romanesque*,
Grasset, 1961.

*François les véritables sentiments de Mahaut, précipitant ainsi,
sans s'en rendre compte, la crise qu'elle était chargée d'éviter.
C'est par un malentendu, enfin, et celui-là radical, que s'achève
le roman :* « Mahaut regardait Anne, assise dans un autre
monde. De sa planète, le comte, lui, n'avait rien vu de la
transformation qui s'était produite. »

L'emploi systématique du malentendu entraîne une conséquence intéressante sur la narration : pour suivre le chassé-croisé
permanent des personnages, mettre en scène « cette comédie des
erreurs [18] », Radiguet est amené à procéder, comme un cinéaste,
par « champ » et « contrechamp ». D'une phrase à l'autre,
l'objectif se déplace et ce sont ces prises de vues successives
(annoncées par un « il pensa », « elle se demanda ») qui
donnent au récit le rythme haché, discontinu, la nervosité par où
il s'écarte sensiblement du modèle classique [19]. Outre la précision
du montage, un des traits caractéristiques du *Bal* est la vitesse
du récit. Il a fallu du temps à Radiguet pour l'obtenir, et peut-
être aussi pour comprendre que son propos même l'exigeait.
L'examen des diverses versions montre qu'elle est le fruit d'un
travail patient d'élagage, où le romancier a dû sacrifier bien des
trouvailles auxquelles il tenait [20].

Enfin, l'arsenal de l'analyse comporte une dernière arme :
la manœuvre. Manœuvrer, « calculer », c'est profiter de la
marge d'indécision qu'ouvre le malentendu pour essayer de faire

18. L'expression est de Thibaudet.

19. Deux exemples parmi d'autres : la scène à quatre de Robinson, la
double scène à trois dans la voiture, où François passe son bras sous celui de
Mahaut.

20. Cocteau lui-même, après la mort de Radiguet, a encore accéléré le
rythme du récit en procédant à un certain nombre de coupures et en
supprimant la plupart des conjonctions. Voir ci-dessous p. 226 du « *Bal* dans
tous ses états ».

passer un message ou d'obtenir un résultat. Prenons l'épisode du
« bras ». François a, une première fois, glissé son bras sous
celui de Mahaut par « un geste machinal » ; et c'est par
« délicatesse » que Mahaut n'a pas retiré le sien. Pensant plus
tard à cette scène, François fait un « calcul » : « Bien qu'il
n'eût pas mal entendu le silence de Mahaut, il pensa en profiter,
et à tirer bénéfice d'une situation qui leur avait été si pénible. »
Ce geste, mal compris par Mahaut (elle n'y voit qu'une
« insulte à l'amitié »), provoque entre le mari et la femme une
explication qui, loin de les rapprocher, les sépare un peu plus.
Comme ni Anne ni Mahaut ne semblent lui en tenir rigueur,
François pourrait être tenté de pousser son avantage. Accablé
par leur générosité, il décide, au contraire, de « s'appliquer ».
« Il n'en parut que plus aimable. Aucune manœuvre ne l'eût
mieux servi. » Des deux manœuvres qui se succèdent dans ce
passage, la première, volontaire, échoue. François ne saura pas
comment le signal a été interprété, c'est un malentendu de plus.
La seconde, involontaire, réussit : François gagne du terrain au
moment même où il paraît battre en retraite [21].

D'une façon générale, les résultats heureux sont le plus
souvent la conséquence de fausses manœuvres. Mieux : de
manœuvres qui, n'étant perçues ni par celui qui les engage ni par
celui à qui elles sont destinées, ne sont même pas des manœuvres,
mais le simple effet d'un malentendu. Pour la même raison, il
arrive que, sans l'avoir cherché, on tire profit du « calcul » d'un
autre. C'est le cas lorsque Paul, au retour de Robinson, décide
pour « contrecarrer les projets » de François de prendre sa place

---

21. La scène où Mme d'Orgel, déjeunant avec Anne et François à la
campagne, voit passer la victoria de Mme de Séryeuse, est régie par le même
mécanisme.

dans la voiture d'Hortense. Il a cru ainsi le perdre. En réalité, « *il le sauvait* ». *Rien d'étonnant à cela : Paul fait partie de ces personnages qui, à trop vouloir manœuvrer,* « *s'égarent dans des martingales* ». *A l'inverse, l'insouciant François est servi par son insouciance même et par son ignorance des* « *rouages complexes* » *de la machine mondaine. Dans la stratégie romanesque du Bal, le* « *mouvement* » *rapporte plus que le* « *calcul* ». *Les roués, comme Paul, n'ont que des calculs, et ils échouent. Les insouciants, comme François, obéissent à de simples mouvements; ils réussissent par grâce, sans l'avoir voulu*[22].

Encore faut-il faire une réserve importante. Les purs, les insouciants ne sont pas eux-mêmes à l'abri du calcul. Le cœur a aussi ses « *stratagèmes* ». *Comme nous en sommes avertis dès la première page du Bal, ce sont même ces* « *manœuvres inconscientes d'une âme pure* » *que le narrateur se propose de dévoiler, les tenant pour* « *encore plus singulières que les combinaisons du vice*[23] ». *Le mot* « *inconscientes* » *n'est pas employé ici par hasard. Sans être un familier de Freud, Radiguet connaissait en gros la théorie. Il a probablement lu l'*Introduction à la psychanalyse, *qui figurait dans la bibliothèque de son père. Plusieurs passages biffés des manuscrits confirment qu'il entendait en faire usage. Celui-ci, par*

22. Ce n'est que dans les « mauvais romans du XVIIIᵉ siècle » ou dans « cette niaise littérature du XIXᵉ » dont s'abreuve un Paul que les calculateurs voient leurs manœuvres récompensées.

23. Cet avertissement mériterait une analyse détaillée. Un jeu savant de renversements et d'oppositions annonce déjà le mouvement de bascule qui va animer tout le roman. On observera que le *Diable* commence par une mise en garde analogue. Dans les deux cas, l'auteur prend les devants. Sachant que son histoire va surprendre ou choquer, il nous laisse entendre que son propos est précisément de justifier l'entorse ainsi faite à l' « habitude ».

exemple : « *Mais notre* inconscient *n'est-il pas la partie la
plus sensible de nous-mêmes, avertie de tout avant nous, et
parfois même de ce que nous ne saurons jamais.* » *Ou cet autre :*
« *Il fallait que ce que nous appelons l'inconscient parce que
nous ne pouvons l'expliquer, mais qui est probablement la partie
la plus intelligente de nous-mêmes...* » *Le texte final ne
comporte plus d'allusion aussi directe. Mais c'est bien du côté de
l'inconscient que le narrateur cherche une explication aux
mensonges de M*^{me} *d'Orgel :* « *Elle agissait sur les ordres d'une
Mahaut inconnue, et ne pouvait ni ne voulait y rien compren-
dre.* » *De même, Séryeuse, lorsqu'il se réveille à Champigny,
s'étonne d'entendre une voix lui dire qu'il n'a pas encore pensé à
M*^{me} *d'Orgel et qu'il fait semblant d'attendre sa mère.* « *Deux
questions aussi absurdes, aussi dépourvues de sens ne pouvaient
selon lui venir que du dehors.* » *Un peu plus tard, on nous
précise que* « *l'amour venait de s'installer en lui à une
profondeur où lui-même ne pouvait descendre* [24] ».

   *Il serait évidemment excessif de voir dans Radiguet un
précurseur du roman* « *analytique* ». *Le recours discret à Freud
n'est, dans le* Bal, *qu'un moyen romanesque supplémentaire qui
sert à justifier le malentendu. Comment François et Mahaut
pourraient-ils ne pas se tromper réciproquement si l'autre,
l'* « *inconnu* » *est déjà là, en eux, qui, les gouvernant à leur
insu, leur interdit de voir clair en eux-mêmes* [25] ?

24. Dans une version antérieure, il est question du « combat singulier » que
se livrent les « deux François ».
25. Anne, lui, n'a pas d'inconscient. Il *est* inconscient. Sur cet aspect du
roman, en particulier sur les motivations secrètes de François, je proposerai
plus loin mon interprétation personnelle.

L'arbitraire

*Si la vérité ne va pas de soi, qui en décide ? Le narrateur,
bien sûr, en fonction d'une nécessité romanesque qui ne doit rien
aux événements, mais qu'il a lui-même instituée. Qui provoque
les malentendus, qui les exploite ? Le narrateur encore, parce que
c'est un moyen de créer la surprise. Et qui dirige les manœuvres,
les récompense ou les fait échouer ? Le narrateur, toujours, et
pour la même raison. On a beaucoup disserté, au cours du
dernier siècle, sur la notion de « point de vue ». Un romancier
a-t-il le droit de se présenter comme le maître et le juge de ses
héros ? Pour rendre sa fiction crédible, ne doit-il pas plutôt se
placer modestement dans la position même du lecteur et feindre
de découvrir avec lui, par le truchement d'un personnage
privilégié, le déroulement des événements ? C'était l'idée de
James. C'est encore celle que Sartre, en 1938, défend contre
Mauriac, celle que C.-E. Magny, en 1945, oppose à Radiguet. Ne jamais avoir l'air d'en savoir plus que ses personnages,
ne jamais être en avance sur l'événement, tel serait le secret de la
« bonne illusion ». Mais il n'y a pas de bonne ou de mauvaise
illusion. Il n'y a que l'illusion tout court. Reposant sur la seule
autorité du narrateur, le récit est, par définition, arbitraire*[26].
*En se plaçant à contre-courant de la mode, Radiguet rejoint, ici
encore, une ancienne tradition. Loin d'épouser le « point de
vue » de ses personnages, il revendique au contraire sur eux un
droit régalien, comme on le voit dès les premières lignes du* Bal

---

26. Comme l'a montré Gérard Genette, à propos, précisément, de *La
Princesse de Clèves* : « Vraisemblance et motivation », dans *Figures II*, Le Seuil,
1969.

*où le narrateur, sans fausse honte, abat ses cartes : son propos
est de montrer que les « mouvements d'un cœur comme celui de la
comtesse d'Orgel », apparemment « surannés », sans doute
« incroyables », relèvent d'une stratégie « singulière », que
méconnaîtront aussi bien ceux qui trouveraient l'héroïne « trop
honnête » que ceux qui la trouveraient « trop facile ».*

*Qui est ce narrateur ? A de nombreuses reprises, il intervien-
dra en disant « nous ». C'est à l'évidence un homme. L'âge, ou
une expérience précoce, l'ont doté d'une lucidité particulière,
mais aussi d'une sagesse désabusée. Il sait tout de l'amour, de
ses faiblesses, de ses pièges, de ses méfaits. Les « stratagèmes »
intimes du cœur n'ont pas plus de secret pour lui que les ruses du
monde. C'est ce savoir qu'il nous invite à partager. A qui
s'adresse-t-il ? Qui est le « narrataire » du roman ? A en juger
par le début du livre, on peut penser qu'il s'agit d'une femme :
« C'est ce que nous répondrons aux femmes qui... » Mais la
suite ne confirme pas cette entrée en matière. Le narrataire,
homme ou femme, est un personnage ambigu, manifestement
marqué par les préjugés de l'habitude, mais capable aussi de
s'ouvrir à la nouveauté. Il appartient au « monde » sans être
pourtant prisonnier du monde. Un peu en retrait, lui aussi, dans
une position qui, tout en l'inclinant à l' « erreur », au
« malentendu », ne lui interdit pas l'accès à la vérité.*

*Entre ce narrateur et ce narrataire, l'échange est constant tout
au long du roman, au point que, parfois, on a l'impression de les
entendre dialoguer dans le dos des personnages. C'est à quoi
servent, par exemple, les multiples interrogations qui jalonnent
l'histoire. Le narrateur désarme les objections en soulignant lui-
même l' « incroyable » et en proposant aussitôt une explication
appropriée : « On pourra trouver François bien inconséquent.
C'est la meilleure preuve qu'il était né pour l'amour. » Ou*

bien, *plus souvent, il va au-devant des questions qu'un narrataire de bon sens pourrait lui poser : « Que se passait-il ? » « Y avait-il donc quelque chose à surprendre chez les Orgel ? » « Pourquoi ce trouble ? » Certaines questions n'ont pour but que de vérifier une complicité qui, d'avance, est supposée acquise : « Mais là, déjà, ne raisonnait-elle pas noblement ? » « N'est-ce pas là une parfaite définition du bonheur ? » Par principe, le narrataire ne peut pas répondre. Mais objections et questions dessinent peu à peu le portrait d'un interlocuteur idéal, que le récit produit en même temps qu'il produit les personnages, et qui, selon les moments (c'est-à-dire selon les nécessités du récit), acceptera avec plus ou moins de docilité la leçon qui lui est ainsi faite.*

De procédés rhétoriques qui font appel à la persuasion (*l'explication amenée par un simple :* « C'est que », *le commentaire lapidaire du type :* « Seules les saintes avouent ces pensées-là »), *le narrateur passe insensiblement, par degrés d'arbitraire croissant, pourrait-on dire, à la sentence générale qui, elle, relève de l'argument d'autorité. On ne peut pas contester une* « maxime » : *elle ridiculise préventivement toute critique, toute réserve. L'abondance des maximes est un des traits caractéristiques du* Bal, *et peut-être le plus contesté. Certaines ne sont, en fait, qu'une forme plus assurée d'explication, à caractère pédagogique. Par exemple :* « Cette honte qu'éprouvent certaines femmes des classes médiocres pour l'homme à qui elles doivent tout », *ou :* « C'est, hélas ! ce que, de bas en haut, pense tout le monde. » *Souvent, comme le note sévèrement C.-E. Magny, la maxime précède le mouvement qu'elle est censée justifier. Méthode fort peu scientifique, en effet, qui consiste à déduire l'expérience de la loi et non pas la*

loi de l'expérience[27]. *Mais Radiguet, en vérité, ne se soucie
guère, ou ne se soucie pas principalement, de convaincre. Jouant
une partie dont il fixe lui-même les règles, il pense d'abord à
marquer des points.* Certaines maximes renversent, de façon
narquoise, le sens commun, comme : « Ce qui est trop simple à
dire, on n'arrive pas à l'énoncer clairement. » La plupart du
temps, elles sont elles-mêmes renversables ou parfaitement
gratuites. Ainsi : « Toute mode est délicieuse qui répond à une
nécessité, non à une bizarrerie. » « Il en est du bonheur comme
de la santé : on ne le constate pas. » « Rien ne nous enhardit
plus que le trouble des autres. » « Les souffrances avaient
affiné Naroumof; et il était un Russe : deux raisons pour mieux
comprendre les bizarreries du cœur. »

La désinvolture avec laquelle Radiguet manie l'aphorisme
peut surprendre. C'est que la maxime n'est elle-même qu'un
exemple particulier, privilégié, de l'arbitraire du récit. Les
multiples interventions du narrateur, sous forme d'objections, de
questions, d'explications ou de sentences générales, constituent
autant de signes révélateurs d'un « point de vue », le sien, qui
n'est pas, a priori, moins intéressant que celui des personnages[28]. La maxime nous en impose parce qu'elle se présente
comme un énoncé à valeur universelle. Mais nous sentons bien
qu'en fait, elle tire toute sa force du contexte romanesque où elle
apparaît, et qu'un autre contexte justifierait aussi bien l'affirmation inverse. Que le romancier cultive le paradoxe ou qu'il

---

27. Contrairement à ce qu'écrit C.-E. Magny, il n'y a pas, sur ce point, de
différence essentielle entre le *Bal* et le *Diable*. Le goût de Radiguet pour
l'aphorisme s'affichait déjà ostensiblement dans son premier roman.

28. Dans toutes les scènes importantes, Radiguet combine ces divers
procédés. Voir, par exemple, la scène où François décide de quitter Paris parce
que Mahaut a dit : « Il n'y a plus personne. »

raffine sur la simplicité, c'est toujours la narration qui commande. On peut préférer un type de roman plus aléatoire, plus ouvert, où le lecteur ait lui-même à tirer la leçon des faits. Mais ce serait une erreur de croire que le narrateur passif de L'Étranger, *par exemple, est moins présent dans son récit que le pédagogue un peu trop péremptoire du* Bal. *L'un et l'autre cherchent, par des moyens différents, à faire croire. L'un et l'autre sont, en dernière analyse, les seuls arbitres du jeu entre l'habitude et la nouveauté qui fait tout le plaisir de la fiction.*

La pureté

On pourrait s'arrêter là et présenter le Bal *comme un simple divertissement romanesque, « partie d'échecs » à un seul joueur, qui joue pour le plaisir de jouer et n'a donc pas à expliquer pourquoi il l'interrompt. Mais arbitraire ne veut pas dire dépourvu de sens. En fait, on ne joue jamais seulement pour jouer. Tout récit est aussi un jeu instructif. Et d'ailleurs, aucun lecteur ne saurait être vraiment touché par une histoire qui ne lui dirait rien. Que dit le* Bal ?*

Reprenons la comparaison avec La Princesse de Clèves. *« Les raisons qu'elle avait de ne point épouser M. de Nemours lui paraissaient fortes du côté de son devoir et insurmontables du côté de son repos. » Devoir, repos : ces deux arguments sont aussi utilisés dans le* Bal. *Nous apprenons, par exemple, que Mahaut répugne à l' « agitation » et qu'elle a hérité de ses aïeules la « crainte de l'amour qui ôte le calme ». « Il n'a rien tenté contre mon repos », dira-t-elle à Mme de Séryeuse pour disculper François. Et, même si elle ne l'invoque que rarement, il est clair que le sentiment de son devoir constitue le principal obstacle à sa faiblesse pour François. La première version du roman portait d'ailleurs pour titre* Le Fantôme du devoir, *expression empruntée au duc de Nemours dans sa dernière conversation avec Mme de Clèves.*

Apparemment, la problématique du Bal *est donc bien la même que celle de* La Princesse de Clèves : *à l'amour, qui « agite » et qui dégrade s'opposent à la fois la vertu et la raison. Mais si l'on y regarde de plus près, on voit que le « devoir », chez Radiguet, désigne deux exigences différentes qui peuvent, dans certaines circonstances, devenir contradictoi- res, comme le prouve la scène de l'aveu : à côté du devoir moral, celui qu'invoque Mahaut, il y a le ou plutôt les devoirs mondains, ceux auxquels Anne prétend satisfaire « incompara- blement ». Non seulement ces devoirs s'opposent, mais, lorsqu'il faut choisir, à la fin, c'est le devoir mondain, paré pour l'occasion d'une « frivolité grandiose », qui l'emporte. Dans un passage supprimé du texte définitif, Mahaut elle-même semble prête à s'y résigner. Après : « Il parlait maintenant à une statue », on pouvait lire : « C'est le devoir, le vrai devoir ? Mme d'Orgel avait tout avoué pour ne s'y point dérober et voici que son mari la tançait, lui parlant au nom du devoir. Ce même mot ne cachait pas les mêmes préoccupations. Anne n'avait-il pas raison ? Le devoir n'est-il pas dans le respect des convenances ? Un point, c'est tout. » Curieuse façon de trancher un débat qui, jusque-là, semblait porter sur le difficile exercice de la vertu.*

Elle nous oblige à nous interroger sur le sens du conflit. Derrière ce dialogue rituel de la vertu et de la passion, du devoir et de la faiblesse, hérité du modèle classique, ne peut-on apercevoir, dans le Bal, *les traces d'un autre affrontement, plus confus sans doute, mais non moins sévère ?*

Soit, par exemple, l'idée de devoir. Le narrateur en donne, au passage, une définition qui n'est pas tout à fait celle qu'on attendrait : « La fidélité, le respect de soi-même et d'autrui, ce mélange qui n'est insipide que pour ceux qui n'ont pas de goût, le devoir. » Aucune référence, ici, à une loi, à un commandement quelconque. Comme l'élégance — et le respect des convenances aussi bien —, le devoir est d'abord une question de goût, de politesse. Les vulgaires le trouvent insipide et c'est cette insipidité qui plaît aux raffinés. Ailleurs, la même image est utilisée pour représenter les sentiments de Séryeuse à l'égard de sa mère : « François avait jusqu'alors soupçonné la pureté d'être fade. Il jugeait maintenant que seul un palais sans délicatesse en pouvait méconnaître le goût. » Le rapprochement des deux textes est intéressant : dans le vocabulaire du Bal, « devoir » égale « pureté ». Ou plus précisément : quand le roman parle de « devoir », c'est « pureté » que nous devons entendre. Déplacement de sens qui n'est pas mineur, car « pureté » désigne un état, « devoir » une vertu.

Si la pureté est un état, à quel autre état s'oppose-t-elle ? Il n'est pas défini aussi nettement, sans doute parce qu'il est beaucoup plus commun. Mais nous pouvons nous en faire une idée en lisant les divers passages où le narrateur, par contraste, stigmatise « un Paul ». Terme générique qui recouvre, en vrac, l'arrivisme à courte vue, l'insensibilité aux « qualités profondes », la « peur d'être dupe », le goût des petites intrigues, la manie de vouloir « jouer un rôle », bref la mondanité. Entre ces deux états, entre la « blancheur » des uns[29], et la noirceur ou la grisaille des autres, aucun compromis ne paraît possible. Vision

---

29. « C'était leur blancheur mal comprise qui rapprochait sans qu'ils s'en doutassent, Mirza, la jeune Persane, les Orgel et François. »

purement janséniste, en somme : il y a ceux qui ont la grâce et
ceux qui ne l'ont pas.

    S'il en était ainsi, C.-E. Magny aurait raison de dire que les
héros de Radiguet sont des « essences figées ». Mais nous
savons déjà que les choses sont moins simples. Les êtres purs
appartiennent comme les autres au « monde ». Anne en est un
bel exemple qui vit, non seulement dans, mais pour le monde. La
pureté ne saurait échapper aux embûches de la vie mondaine.
Mieux : comme le fait remarquer le narrateur, vivre sur « un
mode élevé » vous expose plus que quiconque au « danger
banal » que l'on n'est pas habitué à reconnaître. Il faut donc
envisager la pureté aussi comme une conduite, et c'est en quoi elle
se rapproche du devoir.

    Dans sa confrontation avec le monde, la pureté rencontre
devant elle l'ordre. L'ordre est, dans le Bal, une notion
complexe. Le mot désigne d'abord l' « ordre social » tel qu'il
est régi par un certain nombre de conventions apparemment
immuables[30]*. Autrement dit : les « convenances ». C'est cet*
ordre-là dont Anne d'Orgel, en refusant d'écouter sa femme,
assure le triomphe définitif. L'ordre est aussi un principe de
classement, un signe d'appartenance. Pourquoi Anne éprouve-
t-il tant de satisfaction à découvrir un lien de parenté entre
François et sa femme ? Parce que, « pour lui, François avait
toujours un peu échappé à l'ordre. Il n'était pas complètement
dans la ronde. Cette amusette, aux yeux du comte, l'y faisait
entrer ». Pris dans ce sens, l'ordre s'identifie avec le
« monde ». Le cousinage garantit que François, l'insouciant, le
pur, se pliera aux règles de la mondanité. De l'autre qu'il

---

30. Une phrase supprimée du texte définitif précisait, dans la scène finale :
« C'est dans l'ordre social que le comte d'Orgel venait d'être atteint. »

persistait à être, il devient définitivement un même. Mais il ne s'agit là, bien sûr, que d'une garantie formelle. Anne étant lui-même classé parmi les purs (malgré son « incroyable » légèreté, ses « impostures naïves »), cette assimilation n'a rien d'insultant. Elle comporte toutefois un risque : à force de ressembler à ce qu'il n'est pas, François (et Mahaut aussi bien) pourrait devenir, en fait, celui qu'il paraît.

Enfin, un troisième sens du mot « ordre » surgit avec cette phrase mystérieuse : « Tout rentra bientôt dans l'ordre, c'est-à-dire dans les ténèbres. » La scène se passe au bord de la Marne et nous venons d'assister au déjeuner de François avec les Orgel. Le passage imprévu de Mme de Séryeuse dans sa victoria a provoqué une suite rapide de malentendus. Chacun a manqué « surprendre un peu de la vérité ». Mais ce n'était, comme toujours, qu'une « alerte ». Après ce moment de désarroi, le retour à l'ordre rétablit la situation antérieure [31]. Mais cette réparation ne s'obtient qu'au prix d'un sacrifice grave : il faut renoncer à savoir, faire son deuil de la vérité.

Nous touchons là, me semble-t-il, au nœud du conflit. D'un côté, la pureté ne se confond pas avec l'innocence. Le narrateur nous en a avertis d'emblée, l'âme pure « manœuvre » elle aussi, même si ses manœuvres sont « inconscientes ». Il suffira que la pureté se frotte à la mondanité pour que les frontières s'estompent et que le soupçon s'installe. Ainsi, lorsque François, découvrant son amour pour Mahaut, décide de s'imposer « la politesse du cœur et de l'âme », le narrateur ajoute ce bref commentaire : « Dans sa nouvelle manie de pureté, il allait trop loin... jusqu'à l'hypocrisie. » Dire que la pureté peut être

---

31. « Il faut », dira Anne à la fin, « que nous cherchions un moyen de tout réparer. »

hypocrite, comme elle peut manœuvrer inconsciemment, c'est admettre que le privilège dont s'enorgueillissaient les purs, la différence qui les élève au-dessus du commun des mortels sont fragiles. Aussi bien la pureté n'est-elle pas incompatible avec la mondanité, comme on le voit avec Anne, dont l'image se dégrade insensiblement à mesure qu'avance l'histoire et qui devient franchement odieux dans la soirée finale. Ces constatations nous obligent à relativiser l'opposition entre les deux états. Conflit « romanesque », il s'agit, là encore, de dosage, de tension, plus que de contraste.

D'un autre côté, ce n'est pas sans raison que Radiguet a glissé du devoir à la pureté, d'une vertu à un état. A l'heure des « années folles », le schéma classique n'est plus suffisamment soutenu par la réalité sociale pour paraître crédible (il paraissait déjà peu croyable à certains lecteurs de Mme de La Fayette). Parler de vertu, de devoir au public du Bœuf sur le toit *a, effectivement, quelque chose de « suranné ». D'où la nécessité de ce coup de force, de cette surenchère qui consiste à substituer l'esthétique à l'éthique et à poser l'attitude vertueuse non plus comme une exigence morale, mais comme une grâce d'état, aussi gratuite qu'admirable. Seulement il en résulte une conséquence fâcheuse du point de vue romanesque : c'est que la pureté, par définition, ne saurait faillir. On peut renoncer à un devoir, on ne peut pas trahir son état.*

La pureté, telle que nous la présente Radiguet, n'est donc pas aussi « simple » qu'il veut le faire croire. Infaillible en tant qu'état, fragile en tant que conduite, elle oscille sans cesse d'un extrême à l'autre. C'est pourquoi, après la scène de l'aveu, il est impossible d'imaginer une suite au roman. Car elle ferait éclater cette ambiguïté. Ou bien Mahaut et François vont tomber dans les bras l'un de l'autre. On peut penser qu'ils sauront respecter les « convenances », au besoin Anne les y aidera ; mais leur conduite les fera passer définitivement du côté de la mondanité. Ou bien, voulant rester fidèles à leur état, ils renonceront à une passion impossible, et non seulement l'histoire s'arrêtera là, mais le mouvement insensible qui les avait conduits au bord de la chute perdra, après coup, beaucoup de sa crédibilité. La seule solution pour Radiguet était de s'arrêter sur une pirouette en attribuant, in extremis, à la frivolité le bénéfice du « grandiose[32] ». Que s'est-il passé, en fin de compte ? Rien. Il suffit de le décider. Il suffit de dire : « Et maintenant, Mahaut, dormez ! Je le veux. » pour que l'histoire rentre dans les « ténèbres ». C'est une formule d' « hypnotiseur », bien sûr. Donc, un artifice. L'ordre ne supprime pas les ténèbres. Il les dissimule seulement. A moins de vouloir nous y perdre, nous n'avons pas d'autre issue pour les conjurer que ce geste symbolique qui assure définitivement le triomphe de la scène sur les coulisses.

Les ténèbres

Nous nous demandions : que dit le Bal ? Je crois qu'il dit cela. Ou du moins que c'est ce que le texte veut dire. Mais, nous autres lecteurs, nous ne sommes pas obligés d'obéir à l'injonction d'Anne. Nous avons le droit, à nos risques et périls, de sonder les « ténèbres » et de rapporter ce que nous y voyons, qui n'est pas forcément ce que le narrateur a cru dire.

---

32. On sait que le mot de la fin a été suggéré par Cocteau et que Radiguet a beaucoup hésité sur ce dénouement, plusieurs fois remanié, comme il avait longuement hésité sur la fin du *Diable au corps.*

Après plusieurs lectures attentives, mon impression person-nelle est que ce texte si « pur », si serré, comme il arrive souvent, offre une rigueur trompeuse et que les efforts de Radiguet pour parvenir à une parfaite transparence sont aussi une façon de nous égarer. On s'en apercevra mieux, je pense, lorsqu'on pourra lire la première version, Le Fan-tôme du devoir, *qui dit en clair beaucoup de choses que le romancier gommera par la suite. Dans la version finale, plus secrète et surtout plus elliptique, restent seulement des zones d'ombre, où règnent au moins l'incertitude, et parfois le trouble.*

Incertitude sociale, d'abord. Du Diable au Bal, nous changeons de milieu. Une distance considérable sépare le pavillon de banlieue des Grangier et le salon des Orgel. Cette distance, c'est celle que Radiguet franchit, âgé de dix-sept ans, quand Max Jacob et Cocteau l'introduisent dans leur bande, lui font connaître la princesse Murat et les Beaumont. Passage brutal de l'obscurité à la lumière, dont on retrouve la trace dans le Bal. Issu d'une famille dont la noblesse a « peu d'éclat », élevé par une mère qui « se croit une bourgeoise », François doit à l'amitié d'Anne d'entrer dans un « monde » dont il ignore tous les rouages. Il découvre une vie autre, les mœurs surprenantes de cette petite société fermée sur elle-même et dont la « légèreté », le « dévergondage » tranchent avec la prude monotonie de Champigny. On sent bien qu'il ne s'y trouve pas à l'aise. Il souhaiterait « moins de fêtes et plus d'intimité ». Il a beau s'appliquer, se conduire en « enfant sage », il n'en restera pas moins jusqu'au bout un convive un peu à part : « cousin », mais cousin de banlieue, inapte à cette frivolité dont on fait autour de lui un art. Sans doute parce que son amour pour

*Mahaut l'isole. Sans doute aussi parce qu'il n'est pas vraiment
— et ne veut pas être — du même monde. Mais il s'agit là, j'en
conviens, d'un aspect mineur de ce roman où « le décor ne compte
pas ».*

*Plus marqué, et certainement plus significatif, est le trouble
qui affecte l'âge. C'est un homme mûr, nous l'avons vu, qui
s'exprime dans le Bal. La supériorité qu'il affiche sur ses
personnages, l'abondance des maximes, les jugements tranchés
sur l'époque[33], tout montre que le narrateur tient à prendre ses
distances par rapport à l'adolescent un peu perdu qui dit « je »
dans le Diable. Pourtant, il ne s'est écoulé que quelques mois
entre le moment où Radiguet a achevé la révision de son premier
roman et celui où il entame le second. Faut-il voir, dans cette
brusque conversion, comme aimait à le dire Cocteau, une sorte de
mise en ordre prémonitoire, analogue à celle qui lui fait ranger
et classer ses notes, comme quelqu'un qui va partir ? Ce qui est
sûr, en tout cas, c'est que la question de l'âge revient sans cesse
dans le Bal.*

*Dès le début, présentant son héros, le narrateur nous
prévient : « François avait exactement son âge. » Mais la suite
prouve qu'il n'en est rien, pour cette simple raison que l'âge
n'existe pas, ou plutôt qu'il est une donnée incertaine, changeante. C'est vrai d'Anne et de Mahaut comme de François. Ils
ont, tous les trois, un trait commun : l'enfantillage. « Anne,
comme un enfant qui ne veut pas se séparer d'un jouet nouveau,
prolongeait son silence. » « Son visage montrait la fièvre des
enfants excités par le jeu. » « [Mahaut] agissait comme les*

---

33. Par exemple, celles qui visent le « dévergondage » et la « frivolité » de
l'après-guerre, celles qui dénoncent la « maladie du siècle » : la peur d'être
dupe.

enfants que le spectacle du calme effraie. » « *Elle ne voulait
pas convenir de son enfantillage.* » « [*François*] *imitait ces
enfants qui croient se venger, et ne punissent qu'eux-mêmes.* »
On objectera peut-être que, s'agissant de personnages « *insouciants* » ou « *légers* », la comparaison s'impose : il est naturel
que les « *purs* » se comportent comme des « *enfants* ». Ce qui
surprend davantage, ce sont les variations qui, selon les
moments, modifient la position de tel personnage par rapport à
tel autre. Parce que la jeunesse de M*ᵐᵉ* de Séryeuse « *déroute* »
Anne, François « *ressent du trouble* » devant l'empressement de
son ami : « *C'était la première fois qu'il voyait un homme
auprès de sa mère*³⁴. » Mahaut, de son côté, se sent « *raju-
nir* ». Il lui faut se raidir pour ne pas considérer M*ᵐᵉ* de
Séryeuse comme « *une compagne d'enfance que l'on retrouve* ».
Plus tard, lors du passage de la victoria, elle croira voir en elle
« *une sœur cadette de François*³⁵ ». Même flottement quand
Séryeuse se trouve à table, chez les Orgel, à côté de « *garçons de
son âge* » : « *Pour eux qui le connaissaient depuis toujours,
Anne d'Orgel restait l'aîné. Il les traitait d'ailleurs un peu en
collégiens, et François, parce qu'Orgel ne l'avait pas connu
enfant, ne lui représentait pas le même âge qu'eux.* » François
est encore « *troublé* » lorsque M*ᵐᵉ* de Forbach évoque, devant

----

34. La première version est, comme toujours, beaucoup plus explicite.
François trouve la « jeunesse » de sa mère ridicule, il la ressent comme une
« traîtrise » : « Une mère si jeune ne pouvait l'être que d'un petit garçon sur
lequel Mahaut ne pouvait arrêter ses yeux. »

35. Le dernier texte revu par Radiguet dit seulement : « une sœur
cadette ». Si l'on se réfère aux manuscrits antérieurs, il est clair que le mot
« sœur » s'applique à M*ᵐᵉ* de Séryeuse elle-même : elle a l'air d'être sa propre
sœur plus jeune, voire sa « fille ». La correction de Cocteau, sur ce point
comme sur un certain nombre d'autres, fausse le sens. Voir ci-dessous, p. 227
du « *Bal* dans tous ses états ».

lui, son père qu'elle a connu « dans sa plus tendre enfance ».
C'est comme si « elle parlait à François, traité en grand
garçon, d'un enfant qui était son père ». Aux yeux de Mme de
Séryeuse, quand elle accourt auprès de Mahaut, son fils n'est
qu'un collégien qui a « mal agi ». Mais lorsqu'elle le retrouve
peu après, tout change : « Elle n'avait jamais vu en lui qu'un
enfant. Elle se trouvait en face d'un homme. »

   Devant ces variations sur le thème de l'âge, on songe au mot
de Cocteau : « Raymond était né à quarante ans. » Ce n'est
pas une simple boutade. Tous les contemporains de Radiguet ont
été frappés par ce mélange d'enfantillage et de sévérité, cette
allure et ces propos de vieil enfant qui, visiblement, les troublaient.
Radiguet lui-même semble avoir eu parfaitement conscience de
ce que pouvait avoir de gênant une telle précocité, qui servait à
Grasset d'argument publicitaire pour le Diable. *Il en joue et*
elle le déroute. Pour se défaire de cette parure encombrante, il
essaie de la nier : « L'âge n'est rien. L'enfant prodige est trop
souvent un monstre. On n'est jamais en avance sur son âge... Le
génie, c'est de parvenir à rendre illisibles des œuvres de la dix-
septième année que les plus grands poètes de ce temps saluent
comme remarquables[36]. »

   Je n'irai pas jusqu'à prétendre qu'en écrivant le Bal,
Radiguet a voulu rendre le Diable *« illisible ». Il me semble,*
à tout le moins, que ce brusque changement de perspective est lié
au problème que pose, pour lui, l'incertitude de l'âge. C.-E.
Magny y voit de la présomption, l'« aplomb » d'un enfant qui
a grandi trop vite. C'est rapetisser singulièrement un geste qui
touche à ce qu'il y a de plus profond chez l'écrivain : le choix

---

36. *La Règle du jeu, Œuvres complètes*, II, p. 309. Cocteau reproduit cette note,
sous une forme tronquée, à la fin de sa préface du *Bal*.

*d'une écriture. Radiguet décide de faire comme s'il avait
« quarante ans ». Et comme il sait bien qu'il ne les a pas (peut-
être même sait-il qu'il ne les aura jamais), il s'arrange pour
brouiller les cartes : un narrateur qui n'a pas d'âge, ou qui les a
tous, met en scène un héros qui voudrait avoir « exactement » le
sien, mais qui, pour les autres, paraît en avoir plusieurs.
« Auteur sans âge d'un livre sans date », dira Cocteau.*

   *Enfin — et surtout, bien sûr —, l'incertitude, le trouble
portent sur le sexe. Le Bal, comme le Diable, est une histoire
d'amour. On y retrouve la même conception pessimiste qui veut
que le malentendu entre les amants soit, non pas un hasard ou
une faiblesse de l'amour, mais sa vérité, et presque sa volonté
profonde. Cette idée était clairement exprimée dans un passage
de la première version où le narrateur fait, en quelque sorte, la
leçon à Mahaut : « Elle croyait que deux êtres qui s'aiment
sont forcément accordés, devinent, pensent les mêmes choses. En
effet, l'amour peut être cela. Il l'avait été pour eux, mais sans
qu'ils s'en doutassent. Ils étaient accordés, mais n'en pouvaient
jouir : alors, ils ignoraient tout l'un de l'autre, ils s'ignoraient
eux-mêmes. Maintenant qu'ils savaient la vérité, ils étaient
comme tous les amants : deux ennemis, deux êtres dressés l'un
contre l'autre. » Cette hostilité latente est très sensible dans le
Diable. Le deuxième roman de Radiguet ne la laisse guère
entrevoir. Cela ne veut pas dire qu'elle ait disparu : elle est
seulement cachée. Ou du moins, la version finale nous la cache.
Cela fait partie des sacrifices que j'évoquais plus haut. Mais si
on se reporte aux manuscrits antérieurs, on s'aperçoit que les
relations entre les trois protagonistes étaient beaucoup plus
orageuses.*

   A deux reprises au moins, le timide, l'insouciant François laisse éclater sa fureur. Contre Mahaut, d'abord, dans une scène supprimée qui se situait au moment où la jeune femme propose à son mari de raccompagner Séryeuse à Champigny. Primitivement, c'est dans la voiture que Mahaut, agacée par l'indifférence apparente du jeune homme, prononce la parole fatidique : « Il n'y a plus personne. » Ce mot déclenche chez François une réaction violente. Persuadé que Mahaut s'est « jouée » de lui et n'a voulu « attirer son amour » que pour « provoquer la jalousie de son mari », il se dit qu'elle le traite « comme un chien ». Dans sa colère, « ses pensées contre Mahaut s'étouffèrent l'une contre l'autre ». Plus tard, à la fin du roman, c'est Anne qui fait les frais de la même violence. Sa légèreté, ses « clowneries » paraissent à François si odieuses qu'il se sent délivré de toute obligation à son égard : « Ce ne fut pas du mépris, ce fut de la haine qu'il eut. Il se retenait à quatre pour ne pas le souffleter. » Il n'a plus, dès lors, qu'une pensée : « sauver » Mahaut de ce « misérable ». Sortant de la soirée chez les Orgel sans avoir réussi à parler à la comtesse, il explose devant Paul : « Le devoir est une excuse trop commode à l'assassinat et au suicide. N'est-ce pas assez à ma souffrance que celle que j'aime et qui m'aime ait appartenu à un autre ? Faut-il que, sous prétexte de devoir, elle tue deux bonheurs, le sien et le mien[37] ? » Si l'on ajoute à cela que la première version comportait de nombreuses allusions également supprimées aux aventures amoureuses antérieures de François, on comprend déjà mieux la réflexion de Radiguet : « Roman d'amour

---

37. J'emprunte ces citations, comme toutes celles qui sont tirées des versions antérieures, à la thèse de Mme Odouard. Je la remercie de m'avoir autorisé à utiliser ici son travail.

chaste, aussi scabreux que le roman le moins chaste. »

   *Pourquoi ces indications disparaissent-elles du texte définitif
qui, à une lecture rapide, peut sembler, en effet, exagérément
chaste ? D'abord, bien sûr, parce qu'elles contredisent la théorie
de la « pureté ». Si Radiguet s'était contenté de suivre son
modèle, de tels éclats pourraient passer à la rigueur. Ils ne
s'accordent plus avec le modèle révisé tel que nous l'avons
découvert. Mais il y a sans doute une autre raison. C'est que le
Bal, roman à trois, est aussi un roman homosexuel, ou du moins
un roman que l'on comprend mal si on n'aperçoit pas sa face
homosexuelle cachée.*

   *Dans les « notes romanesques » recueillies par Cocteau, nous
trouvons ce court texte : « Note — la malheureuse que nous
grisons son mari et moi — la déshabillons chez elle — mobile
mystérieux du mari. C'est qu'il est amoureux de moi — ce
mystère qui fait qu'on veut partager, comme sa fortune*[38]*. »
Voilà posé, en quelques lignes, le problème du « triangle ».
Anne, nous l'avons vu, aime François parce que François aime
Mahaut : c'est dit à plusieurs reprises dans le roman. Mieux :
le « sentiment nouveau » d'Anne, la « passion » inattendue
qu'il éprouve pour sa femme résulte directement du désir de
François : « Il commençait de l'aimer, comme s'il avait fallu
une convoitise pour lui en apprendre le prix. » François, de son
côté, c'est dit aussi clairement, aime Anne parce que Anne aime
Mahaut, et seulement pour cela : « Il sentait que si Anne
rendait Mahaut malheureuse, il ne pourrait avoir d'amitié pour
lui. » Situation tout à fait singulière puisque, jusque-là, chez
François, la jalousie a toujours « précédé l'amour ». « Pourquoi cette attraction vers Anne ? Ne doit-on pas être jaloux ? »*

---

38. *Notes romanesques, Œuvres complètes,* II, p. 388.

L'attitude de Mme d'Orgel présente, avec ces deux comporte-
ments, une analogie superficielle : elle aime en François l'ami
de son mari. Mais c'est une fausse symétrie, ménagée par le
narrateur, pour nous faire croire qu'elle entre dans le jeu des
hommes. Seul personnage du roman à subir, à deux reprises,
l'épreuve de la jalousie[39]*, Mahaut est aussi la seule à aimer, si*
l'on peut dire, normalement. Elle ne songe pas à se partager, elle
ne se sert pas de l'un pour désirer l'autre ; elle passe simplement
de l'un à l'autre, comme toute femme séduite.

Le schéma du triangle ne doit donc pas nous abuser. Tout
amour triangulaire comporte, c'est connu, une dimension
homosexuelle. Mais dans le cas du Bal, cette dimension est
particulièrement marquée. Le narrateur prend beaucoup de
précautions pour nous (pour se) la cacher, la première d'entre
elles étant précisément d'insister sur le caractère triangulaire de
la relation. Par exemple, il invente cette brusque flambée de
passion chez Anne. Mais la suite montre rapidement qu'il
s'agit d'un alibi. Car cette passion, si c'en est une, devrait
logiquement rendre Anne jaloux. Elle devrait, au lieu de le
rassurer, éveiller ses soupçons et le préparer à réagir vigoureuse-
ment quand Mahaut lui dira la vérité[40].

Tout aussi spécieuse est l'argumentation où se réfugie
Séryeuse. Peut-il croire lui-même que l'« état étrange » dans
lequel il se trouve résulte « de son amour et de son amitié

---

39. Vis-à-vis d'Anne, après l'épisode de la Viennoise, et vis-à-vis de
François quand elle croit qu'il ne part pas seul.
40. On notera qu'en dehors d'une danse à Robinson, le roman ne
mentionne pas le moindre contact physique entre Mahaut et Anne. Étrange
couple qui semble ignorer tout émoi sexuel. Il n'y avait qu'une allusion au
« lit » dans le texte de Radiguet. Elle a disparu de la version finale. C'était
celle-ci : « Elle avait du malaise à se montrer dans son lit à son mari. »

combinés »? *Il y a un passage du roman où le voile se lève à
moitié. Comprenant qu'il aime Mahaut « comme on aime une
femme », François s'insurge contre l'idée qu'il pourrait tromper
Anne. L'attitude de Mme d'Orgel lui apparaît alors comme
« la seule sauvegarde de son amitié pour Anne ». « Il profita
de ce qui le désespérait pour ne pas se considérer comme un
mauvais ami. Il se répéta qu'il aimait Anne en marge de
son amour pour Mahaut, que même sans Mahaut il
eût été attiré vers Anne*[41]. » *Aveu aussitôt annulé par des
explications rassurantes : Anne l'« enchante » et l'« amuse »,
il est le représentant charmant d'une « longue race »...*

*La première rencontre de Séryeuse avec les Orgel donne lieu,
d'ailleurs à une observation curieuse. Tandis que Mme d'Orgel
a un « parler rude », une voix qui peut paraître « rauque, masculine », la voix de « fausset » d'Anne lui prête une allure « efférmi-
née ». Bien sûr, le narrateur s'empresse d'ajouter que seuls des
« naïfs » pourraient se laisser prendre à cette apparente inversion.
Elle n'en est pas moins troublante, surtout si l'on songe que le
point de vue ici présenté est celui de François. Les noms mêmes
des héros, qui n'ont certainement pas été choisis au hasard, ajoutent
à l'ambiguïté. Pourquoi « Anne », ce prénom à deux usages ?
Pourquoi François « de Séryeuse », qui sonne féminin ? Et pourquoi « Mahaut » qui a, au contraire, une consonance masculine ?*

*Pour achever le tableau, je relèverai un lapsus intéressant.
Dans une version antérieure de l'épisode viennois, on peut lire :
« Avant François, le comte n'avait pas hésité à faire à sa
femme de petites infidélités. » Radiguet remplace ensuite :*

---

41. C'est moi qui souligne. Voir aussi cette interrogation de François :
« Me serais-je trompé ? N'aurais-je que de l'amitié pour Anne, rien pour sa
femme ? »

« *Avant François* » *par* : « *Jadis* ». *La même formule se retrouvait plus loin, dans un passage également supprimé. Au retour des vacances, Mahaut s'aperçoit que son mari a changé :* « *Il était comme avant, avant François. Mais depuis, il l'avait habituée à plus d'amour. François était-il nécessaire au comte d'Orgel ? Son feu conjugal semblait avoir besoin d'être tisonné.* » *Que Mahaut elle-même distingue un* « *avant François* » *et un* « *depuis* » *est bien la preuve que, contrairement aux apparences, la partie principale ne se joue pas entre elle et Séryeuse ; elle se joue, sous le couvert de l'amitié, entre les deux hommes.*

Relisons maintenant la scène du train des théâtres. Le texte final n'indique pas clairement pourquoi elle est « *décisive* ». *On le comprend mieux dans la première version, car le portrait de M*^{me} *de Séryeuse et les réflexions de François y sont sensiblement plus développées. J'évoquerai seulement ce passage où François s'interroge sur ses rapports avec sa mère :* « *Tout en se croyant différent d'elle, il ne tombait pas dans l'erreur, rarement commise par humilité même quand elle la simule, l'affecte,* l'erreur par excellence des mauvais fils qui s'étonnent d'avoir pu naître de ces parents* [42]. » *Cette erreur, nous la connaissons. Elle n'est pas particulière aux* « *mauvais fils* », *et si Radiguet avait pu lire le petit essai de Freud sur le* « *roman familial* », *il aurait appris qu'elle était même très largement répandue. Fils unique, élevé par une mère jeune et restée veuve très tôt, Séryeuse est dans la situation idéale du* « *bâtard* ». *Rien n'indique qu'il ait jamais songé à s'inventer un autre père* [43]. *Mais ce qui apparaît en filigrane dans ces*

---

42. Je souligne.
43. Au contraire, c'est toujours avec émotion qu'il écoute Mme de Forbach lui parler du marin mort en mer. « Comme je me serais entendu avec lui », soupire-t-il. Bien sûr, puisqu'il ne l'a jamais connu.

*pages, ce que va montrer la scène suivante (elle aussi atténuée
par Radiguet), c'est, caché sous la froideur des rapports appa-
rents, entrevu et aussitôt refoulé à travers un curieux débat sur
la différence et la ressemblance, l'amour défendu pour la mère.*

*Il faudrait ici analyser le texte pas à pas, en le complétant
par les variantes les plus significatives, et montrer comment,
dans le train, puis au cours de la journée passée à Champigny,
cette figure, mêlée à celle de Mahaut, permet à François de
prendre conscience de ses sentiments ; comment, par exemple,
après avoir attendu sa mère « comme il n'avait jamais attendu
ses maîtresses », il découvre « terrifié » la jeunesse de Mme de
Séryeuse et se reproche aussitôt de la regarder, non en « fils »,
mais en « étranger » ; comment il s'empresse de transposer sur
Mahaut le sentiment interdit. Amour « œdipien » : à travers
Mahaut, la seule personne qui soit « digne » d'elle, c'est
évidemment sa mère que François aime. Et c'est pourquoi il ne
peut satisfaire sa « fièvre », son besoin de « tendresse » en
allant voir une « amie ». L'amour interdit exclut lui-même la
reconnaissance d'une forme quelconque de désir.*

Bien des détails confirment une telle interprétation[44]*. Par
exemple, les allusions répétées aux ressemblances entre les deux
femmes, que le narrateur compare ici à des amies d'enfance, là à
des sœurs. Et surtout le rôle essentiel que va jouer, dans la
dernière partie du roman, la mère de François. C'est chez elle
que se découvre le cousinage, que s'échange le premier baiser.
C'est elle qui, transformée par Mahaut en entremetteuse,
fournit involontairement (mais des maladresses de ce genre
peuvent-elles être involontaires ?) aux deux amants l'informa-*

---

44. C'est celle que retient Mme Odouard. Voir *Les Années folles de Raymond
Radiguet, op. cit.*, pp. 158-160.

tion qu'ils attendaient. Tout se passe, en fait, comme si le véritable aveu était celui de Champigny, et comme si, après cet aveu, le narrateur confiait à la mère le soin de protéger, de favoriser une relation qu'elle est censée combattre[45].

Dans cette deuxième perspective, la relation « triangulaire » apparaît toute naturelle : c'est le classique triangle familial. Protégée par la figure de la mère, Mahaut devient, comme elle, inaccessible : on ne peut l'aimer qu'en la respectant. Derrière Anne (que, chez les Grimoard, on trouve « trop vieux » pour sa femme), apparaît le père : il nous est présenté comme un fantoche, charmeur et inoffensif, dépourvu de toute présence charnelle, figure neutralisée, donc acceptable et même aimable du traditionnel rival. Et l'on comprend que François puisse se réjouir du bonheur du couple parental ainsi reconstitué : aucune scène primitive n'est à craindre, « papa » et « maman » vivent sur des planètes distinctes.

L'amour œdipien pour la mère étant lié souvent à l'homosexualité, ces deux scénarios ne s'opposent pas. Ils se superposent plutôt. Leur convergence éveille dans la sensibilité du lecteur les mêmes échos inconscients. Il est évidemment tentant de penser que Radiguet transpose dans le Bal, en le camouflant derrière une imitation de La Princesse de Clèves, *son problème personnel d'incertitude sexuelle : au moment où, d'après les témoignages de ses amis, il s'efforce de mettre de l'ordre dans son existence, où il devient sage et songe à se marier, écrire le* Bal *(avec ce recul, cette fausse assurance d'homme mûr)*

---

45. Deux citations encore. Après le déjeuner chez les Orgel, Mme de Séryeuse dit à François : « Quelle personne charmante que Mme d'Orgel. Je n'en souhaiterais pas d'autre pour bru. » Et plus tard, quand François « s'échappe » pour rejoindre Mahaut : « Comme tu es pressé, dit-elle. Et elle ajouta : Que d'amour ! »

*serait pour lui une façon de tirer la leçon du désordre où il a
vécu, en particulier de ses rapports orageux avec Cocteau*[46].
*C'est peut-être vrai, c'est peut-être faux, et cela n'a plus, de
toute façon, aucune importance pour nous. La beauté d'une
œuvre romanesque se mesure à la diversité des sens qu'elle
enferme et qui ne se découvrent qu'après coup. Disons simplement que lorsque le roman s'achève, par un « je ne veux pas le
savoir » de celui qui en a été le* deus ex machina *inconscient,
c'est aussi sur ces ténèbres-là que l'ordre se referme.*

Bernard Pingaud

46. On a souvent rapproché le *Bal* de *Thomas l'imposteur*, que Cocteau
écrivait à la même époque, à la même table, et qui présente, en effet, avec le
roman de Radiguet des ressemblances formelles nombreuses. Un autre
rapprochement, suggéré par Mme Odouard, ne me paraît pas moins intéressant : d'une certaine manière, le *Bal* est le *Livre blanc*, soigneusement brouillé,
de Radiguet, et le trio Anne-Mahaut-François rappelle le trio Cocteau-
Béatrice Hastings-Radiguet.

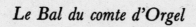

Le Bal du comte d'Orgel

I

Les mouvements d'un cœur comme celui de la comtesse d'Orgel sont-ils surannés ? Un tel mélange du devoir et de la mollesse semblera peut-être, de nos jours, incroyable, même chez une personne de race et une créole. Ne serait-ce pas plutôt que l'attention se détourne de la pureté, sous prétexte qu'elle offre moins de saveur que le désordre ?

Mais les manœuvres inconscientes d'une âme pure sont encore plus singulières que les combinaisons du vice. C'est ce que nous répondrons aux femmes, qui, les unes, trouveront Mme d'Orgel trop honnête, et les autres trop facile.

La comtesse d'Orgel appartenait par sa naissance à l'illustre maison des Grimoard de la Verberie. Cette maison brilla pendant de nombreux siècles d'un lustre incomparable. Ce n'est pourtant pas que les ancêtres de Mme d'Orgel se fussent donné le moindre mal. Toutes les circonstances glorieuses auxquelles les autres familles doivent leur noblesse, cette maison tire

son orgueil d'y être restée étrangère. Une pareille
attitude ne va point à la longue sans danger. Les
Grimoard étaient au premier rang de ceux qui inspirè-
rent à Louis XIII la résolution d'affaiblir la noblesse
féodale. Leur chef supporta mal cette injure, et c'est
avec bruit qu'il quitta la France. Les Grimoard
s'installèrent à la Martinique.

Le marquis de la Verberie retrouve sur les indigènes
de l'Ile la puissance de ses aïeux sur les paysans de
l'Orléanais. Il dirige des plantations de cannes à sucre.
En satisfaisant son besoin d'autorité, il accroît sa
fortune.

Nous commençons alors à assister à un singulier
changement de caractère dans cette famille. Sous un
soleil délicieux, il semble que fonde peu à peu l'orgueil
qui la paralysait. Les Grimoard, comme un arbre sans
élagueur, étendent des branches qui recouvrent presque toute l'île. En débarquant, on va leur rendre ses
devoirs. Qu'un nouveau venu se découvre une parenté
avec eux, sa fortune est faite. Aussi le premier soin de
Gaspard Tascher de la Pagerie arrivant dans l'Ile,
sera-t-il d'établir son cousinage, tout lointain qu'il soit.
Le mariage d'un Grimoard avec une demoiselle Tascher noue ces liens un peu lâches. Cependant les
années passent. Malgré les Grimoard, les Tascher de
la Pagerie ne jouissent pas d'une grande considération.
La défaveur, le scandale même atteignent à leur
comble, lorsque la jeune Marie-Joseph Tascher s'em-
barque pour la France et que l'on publie les bans de
son mariage avec un Beauharnais, dont le père possède
des plantations à Saint-Domingue.

Les Grimoard furent les seuls à ne point tenir
rigueur à Joséphine après le divorce. C'est elle qui leur
annonce la Révolution. Ils accueillent cette nouvelle
avec plaisir. Les Grimoard n'avaient jamais pensé que
la famille qui les avait dépouillés de leurs droits pût
encore tenir longtemps sur le trône. Peut-être crurent-
ils d'abord la Révolution menée par les seigneurs, et
pour eux. Mais quand ils sauront la tournure des
choses de France, ils blâmeront ceux à qui on coupe la
tête de n'avoir pas suivi leur exemple, de n'être pas
partis au bon moment, c'est-à-dire sous Louis XIII.

De leur île, comme des voisins malveillants derrière
leur judas, ils observent le vieux continent. Cette
Révolution les égaie. Quoi de plus drôle, par exemple,
que ce mariage de la petite cousine avec un général
Bonaparte ! Mais où la plaisanterie leur paraîtra
excessive, ce sera lors de la proclamation de l'Empire.
Ils y voient l'apothéose de la Révolution. Le bouquet
de ce feu d'artifice retombe en une pluie de croix, de
titres, de fortunes. Cette immense mascarade, où l'on
change de nom comme on met un faux nez, les blesse.
On assiste dans la Martinique à un branle-bas
curieux. L'île charmante se dépeuple en un clin d'œil.
Joséphine, qui se constitue une famille, essaie d'atta-
cher à la Cour ses parents les plus vagues, quelquefois
les plus humbles, mais dont les noms ne datent pas
d'hier. C'est aux Grimoard qu'elle a pensé d'abord.
Les Grimoard ne répondent pas. Ce ne sera qu'une fois
Joséphine répudiée que l'on renouera avec elle. Le
marquis lui écrira même une lettre fort morale, lui
disant qu'il n'avait jamais pu prendre la chose au

sérieux. Il lui offre son toit. Sa haine pour l'Empire
éclate. Jusque-là, il se retenait, à cause de leur parenté.

Il pourra surprendre qu'en suivant cette famille le
long des siècles, nous ayons feint de ne voir qu'un
personnage, toujours le même. C'est que nous nous
soucions peu, ici, des Grimoard, mais de celle en qui ils
vivent. Il faut comprendre que Mlle Grimoard de la
Verberie, née pour le hamac sous des cieux indulgents,
se trouve dépourvue des armes qui manquent le moins
aux femmes de Paris et d'ailleurs, quelle que soit leur
origine.

Mahaut, à sa naissance, avait été reçue sans grand
enthousiasme. La marquise Grimoard de la Verberie
n'avait jamais vu de nouveau-né. Quand on présenta
Mahaut à sa mère, cette femme qui avait subi avec
courage les douleurs de l'enfantement s'évanouit,
croyant avoir fait un monstre. Quelque chose lui resta
de ce premier choc, et Mahaut, petite, fut entourée de
suspicion. Comme elle ne parla qu'assez tard, sa mère
la croyait muette.

Mme Grimoard attendait un autre enfant avec
impatience, espérant un garçon. Elle le parait
d'avance de toutes les vertus refusées à sa fille. Elle
était grosse lorsqu'un affreux cataclysme détruisit
Saint-Pierre. La marquise fut sauvée par miracle, mais
on craignit un moment pour sa raison, et pour l'enfant
qu'elle allait mettre au monde. Cette île ne lui inspira
désormais que de l'horreur ; elle refusa d'y rester. Les
médecins représentèrent à son mari combien il serait
criminel de la contrarier. C'est ainsi que les Grimoard,

que rien n'avait pu convaincre, même la promesse
d'un royaume, débarquèrent en France, au mois de
juillet 1902. Par hasard le domaine de la Verberie était
à vendre. Ce fut avec la conviction de venger ses
ancêtres que le marquis réintégra leur domaine. Il se
croyait son propre ancêtre et rappelé par Louis XIII
suppliant ; il passa toute sa vie en procès avec des
paysans dont il pensait être encore le seigneur.

Mme Grimoard mit au jour un enfant mort. Par un
accident féminin, dont le cataclysme fut cause, elle
devint hors d'état de prétendre à la maternité. Son
désespoir s'accrut du fait que le mort-né était un
garçon. La marquise y gagna une prostration mala-
dive, qui fit d'elle une créole des images, passant sa vie
sur une chaise longue.

Son cœur de mère ne pouvant plus espérer de fils, ne
semble-t-il pas que son amour pour Mahaut aurait dû
s'accroître ? Mais cette petite fille, si pleine de vie, si
turbulente, lui semblait presque une offense à ses
espoirs brisés.

Mahaut grandissait à la Verberie comme une liane
sauvage. Sa beauté, son esprit ne naquirent pas en un
jour, mais plus sûrement. C'était chez la vieille
négresse Marie, que l'on se prêtait chez les Grimoard
comme un objet de famille, que Mahaut trouvait de la
vraie tendresse ; une tendresse subalterne, c'est-à-dire
celle qui ressemble le plus à de l'amour.

Après la séparation, il fallut bien élever Mahaut à la
Verberie même. Ce fut aux mains d'une vieille fille
sans fortune, et d'une excellente famille de province,
que passa Mlle Grimoard. Sa mère somnolait toute la

journée ; le seul soin que prit d'elle son père fut de lui apprendre que personne n'était digne d'une Grimoard. Mais la fraîcheur de ses premières enfances, elle la retrouva en épousant, à dix-huit ans, le comte Anne d'Orgel, un assez beau nom de chez nous. Elle s'éprit follement de son mari qui, en retour, lui en témoigna une grande reconnaissance et l'amitié la plus vive, que lui-même prenait pour de l'amour. La négresse Marie fut la seule à ne pas voir cette alliance d'un bon œil. Son reproche était fondé sur la différence d'âge. Elle trouvait le comte d'Orgel trop vieux. Marie entra néanmoins à l'hôtel d'Orgel pour ne pas être séparée de la comtesse. Elle n'avait, disait-on, rien à faire. Mais parce que son emploi n'était pas défini, les domestiques se déchargeaient sur elle de mille petites besognes. A la fin de ses journées, la négresse tombait de fatigue.

Le comte Anne d'Orgel était jeune ; il venait d'avoir trente ans. On ne savait de quoi sa gloire, ou du moins son extraordinaire position était faite. Son nom n'y entrait pas pour grand-chose, tant, même chez ceux qu'hypnotise un nom, le talent prime tout. Mais, il faut le reconnaître, ses qualités n'étaient que celles de sa race, et son talent mondain. Son père, qu'on admirait en se moquant, venait de mourir. Anne, aidé de Mahaut, redonna un lustre à l'hôtel d'Orgel, où naguère l'on s'était bien ennuyé. Ce furent les Orgel qui, si l'on peut dire, ouvrirent le bal au lendemain de la guerre. Le feu comte d'Orgel eût trouvé sans doute que son fils faisait trop de place, dans ses invitations, au mérite personnel et à la fortune. Cet éclectisme, sévère malgré tout, ne fut pas la moindre raison du succès des Orgel. Il contribua d'autre part à les faire blâmer par ceux de leurs parents qui dépérissaient d'ennui à ne recevoir que des égàux. Aussi les fêtes de l'hôtel d'Orgel étaient à ces parents une occasion unique de distraction et de médisance.

Parmi les hôtes dont la présence eût dérouté le feu comte d'Orgel, on doit mettre au premier plan Paul Robin, un jeune diplomate. Il considérait comme une chance d'être reçu dans certaines maisons ; et la plus grande chance, à ses yeux, était d'aller chez les Orgel. Il classait les gens en deux groupes : d'un côté ceux qui étaient des fêtes de la rue de l'Université, et, de l'autre, ceux qui n'en étaient point. Ce classement allait jusqu'à le retenir dans ses admirations ; il en usait aussi envers son meilleur ami, François de Séryeuse, auquel il reprochait secrètement de ne tirer aucun avantage de sa particule. Paul Robin, assez naïf, jugeait les autres d'après lui-même. Il ne pouvait concevoir que les Orgel ne représentassent à François rien d'exceptionnel, et qu'il ne cherchât d'aucune façon à forcer les circonstances. Paul Robin, d'ailleurs, était heureux de cette supériorité fictive et n'essayait pas d'y mettre fin.

On ne pouvait rêver deux êtres plus loin l'un de l'autre que ces deux amis. Cependant ils croyaient s'être liés à cause de leurs ressemblances. C'est-à-dire que leur amitié les poussait à se ressembler, dans la limite du possible.

L'idée fixe de Paul Robin était d' « arriver ». Alors que d'autres ont le travers de croire qu'on les attendra toujours, Paul trépignait en pensant qu'il allait manquer le train. Il croyait aux « personnages » et que l'on peut jouer un rôle.

Débarrassé de toute cette niaise littérature, invention du XIXᵉ siècle, quel n'eût pas été son charme !

Mais ceux qui ne sentent pas les qualités profondes et se laissent prendre aux masques n'osent s'aventurer, par crainte de sables mouvants. Paul croyait s'être réussi une figure ; en réalité, il s'était contenté de ne pas combattre ses défauts. Cette mauvaise herbe l'avait peu à peu envahi et il trouvait plus commode de faire penser qu'il agissait par politique alors que ce n'était que faiblesse. Prudent jusqu'à la lâcheté, il fréquentait divers milieux ; il pensait qu'il faut avoir un pied partout. A ce jeu, on risque de perdre l'équilibre. Paul se jugeait discret, il n'était que cachottier. Ainsi divisait-il sa vie en cases : il croyait que lui seul pouvait passer de l'une à l'autre. Il ne savait point encore que l'univers est petit et que l'on se retrouve partout. « Je dîne chez des gens », répondait-il à François de Séryeuse l'interrogeant sur l'emploi de sa soirée. Ces « gens » signifiaient pour lui « mes gens ». Ils lui appartenaient. Il en avait le monopole. Une heure après, il retrouvait Séryeuse à son dîner. Mais malgré les tours que lui jouait la cachotterie, il ne s'en pouvait défaire.

Par contre, Séryeuse était l'insouciance même. Il avait vingt ans. Malgré son âge et son oisiveté, il était bien vu par des aînés de mérite. Assez fou sous bien

des rapports, il avait eu la sagesse de ne pas brûler les
étapes. Le dire précoce, rien n'eût été plus inexact.
Tout âge porte ses fruits, il faut savoir les cueillir. Mais
les jeunes gens sont si impatients d'atteindre les moins
accessibles, et d'être des hommes, qu'ils négligent ceux
qui s'offrent.

En un mot, François avait exactement son âge. Et,
de toutes les saisons, le printemps, s'il est la plus
seyante, est aussi la plus difficile à porter.

La seule personne en compagnie de laquelle il se
vieillît était Paul Robin. Ils exerçaient l'un sur l'autre
une assez mauvaise influence.

Le samedi 7 février 1920, nos deux amis étaient au
cirque Médrano. D'excellents clowns y attiraient le
public des théâtres.

Le spectacle était commencé. Paul, moins attentif
aux entrées des clowns qu'à celles des spectateurs,
cherchait des visages de connaissance. Soudain, il
sursauta.

En face d'eux entrait un couple. L'homme fit, avec
son gant, un léger bonjour à Paul.

— C'est bien le comte d'Orgel ? demanda François.

— Oui, répondit Paul, assez fier.

— Avec qui est-il ? Est-ce sa femme ?

— Oui, c'est Mahaut d'Orgel.

Dès l'entracte, Paul fila comme un malfaiteur,
profitant de la cohue, à la recherche des Orgel, qu'il
souhaitait voir, mais seul.

Séryeuse, après avoir fait le tour du couloir, poussa

la porte des Fratellini. On se rendait dans leur loge comme dans celle d'une danseuse.

Il y avait là des épaves grandioses, des objets dépouillés de leur signification première, et qui, chez ces clowns, en prenaient une bien plus haute.

Pour rien au monde, M. et Mme d'Orgel ne se fussent dispensés, étant au cirque, de cette visite aux clowns. Pour Anne d'Orgel, c'était se montrer simple.

Voyant entrer Séryeuse, le comte mit immédiatement ce nom sur son visage. Il reconnaissait chacun, ne l'eût-il aperçu qu'une fois, et d'un bout d'une salle de spectacle à l'autre ; ne se trompant ou n'écorchant un nom que lorsqu'il le voulait.

Il devait à son père l'habitude d'adresser la parole à des inconnus. Le feu comte d'Orgel s'attirait fréquemment des réponses désagréables de personnes qui n'acceptent pas ce rôle de bête curieuse.

Mais ici, l'exiguïté de la loge ne pouvait permettre à ceux qui s'y trouvaient de s'ignorer. Anne joua une minute avec Séryeuse en lui adressant quelques phrases sans lui montrer qu'il le connaissait de vue. Il comprit que François était gêné de n'avoir pas été reconnu et que la partie se jouât inégale. Alors, se tournant vers sa femme : « M. de Séryeuse, dit-il, ne semble pas nous connaître aussi bien que nous le connaissons. » Mahaut n'avait jamais entendu ce nom, mais elle était habituée aux manèges de son mari.

— J'ai souvent, ajouta ce dernier en souriant à Séryeuse, prié Robin « d'organiser quelque chose ». Je le soupçonne de faire mal les commissions.

Venant de voir François avec Paul, dont il connaissait le travers, il mentait comme l'affabilité sait mentir.

Tous les trois raillèrent les cachotteries de Robin. On décida de le mystifier. Il fut entendu entre Anne d'Orgel et François que l'on feindrait de se connaître de longue date.

Cette innocente farce supprima les préliminaires de l'amitié. Anne d'Orgel voulut faire visiter à François, qui la connaissait, l'écurie du cirque, comme si c'eût été la sienne.

De temps en temps, quand il sentait qu'elle ne pouvait le surprendre, François jetait un coup d'œil sur Mme d'Orgel. Il la trouvait belle, méprisante et distraite. Distraite, en effet ; presque rien n'arrivait à la distraire de son amour pour le comte. Son parler avait quelque chose de rude. Cette voix, d'une grâce sévère, apparaissait rauque, masculine aux naïfs. Plus que les traits, la voix décèle la race. La même naïveté eût fait prendre celle d'Anne pour une voix efféminée. Il avait une voix de famille et ce fausset conservé au théâtre.

Vivre un conte de fées n'étonne pas. Son souvenir seul nous en fait découvrir le merveilleux. François appréciait mal ce qu'avait de romanesque sa rencontre avec les Orgel. Ce tour qu'ils voulaient jouer à Paul les liait. Ils se sentaient complices. Ils étaient leurs propres dupes, car ayant décidé de faire croire à Robin qu'ils se connaissaient de longue date, ils le croyaient eux-mêmes.

Une sonnette avait annoncé la fin de l'entracte. François pensait avec mélancolie qu'il devait se sépa-

3

rer des Orgel, et rejoindre Paul. Anne proposa de déplacer quelqu'un pour « rester ensemble ».

La farce n'en serait que meilleure.

Paul détestait les retards, et tout ce qui peut vous faire remarquer sans bénéfice. Il songeait plus à l'opinion des autres qu'à la sienne. Déjà mécontent d'avoir manqué les Orgel, et de n'avoir pu se dépêtrer de moindres personnages rencontrés sur son chemin, il grognait contre François à cause de son retard. Quand il vit le trio, il n'en crut pas ses yeux.

Anne agissait toujours comme s'il eût été connu de la terre entière, mais, à rebours du vieux comte, le faisait avec assez de bonne grâce pour obtenir bien des résultats. Cette assurance, ou cette inconscience, lui réussirent une fois de plus. Il n'eut qu'à dire un mot pour que l'ouvreuse déplaçât deux spectateurs.

Le dialogue entre Anne d'Orgel et Séryeuse faisait supposer à Paul, peu apte à brûler les étapes, qu'ils se connaissaient depuis longtemps. Rageur, se sentant joué, il s'efforçait de cacher sa surprise.

La faculté d'enthousiasme d'Anne d'Orgel était sans bornes. Il paraissait venir au cirque pour la première fois, mais n'en renonçait pas moins à feindre de connaître les numéros. Le nain passait-il sur le rebord de la piste, il lui faisait les mêmes petits signes que, tout à l'heure, à Paul.

Car s'il parlait souvent d'une façon vague de ce que l'on appelle les grands de la terre, c'était avec la modestie qui sied lorsqu'on parle de soi. Il lui arrivait de dépeindre en deux mots irrespectueux une souveraine, et de s'étendre une heure, minutieusement, passionnément, comme on décrit des mœurs d'insectes, sur les gens d'une autre caste, c'est-à-dire, selon lui, des inférieurs. Du reste, en face de cette race étrangère, il perdait la tête, et ne pensait qu'à éblouir. Cette timidité loquace le poussait alors aux pires maladresses, à des folies de phalène autour d'une lampe.

Pendant la guerre, il lui avait été donné d'approcher des hommes de classes différentes. A cause de cela, la guerre l'avait *amusé*.

Cet amusement lui retira le bénéfice de son héroïsme : il fut suspect. Les généraux n'aimaient pas un blanc-bec qui parlait sans trêve, n'avait pas la moindre idée du respect hiérarchique, prétendait renseigner sur l'état d'esprit de l'Allemagne, son moral, et ne cachait pas qu'il correspondait, par la Suisse, avec ses cousins autrichiens. Bien qu'il eût plusieurs fois mérité la Croix de la Légion d'honneur, elle ne lui fut jamais offerte.

Son père était pour beaucoup la cause de cette injustice : il était, lui, formidable. Il ne voulut jamais quitter son château de Colomer, en Champagne. « Je ne crois pas aux obus », criait-il à son cocher auquel il commandait d'atteler pour la promenade quotidienne. Aux sentinelles lui demandant le mot d'ordre, il répondait : « Je suis M. d'Orgel. »

Incapable de reconnaître les grades, il disait « Monsieur l'Officier » à tout soldat pourvu de galon, qu'il fût sergent ou colonel. On se vengea par mille farces. Sous prétexte que la Patrie avait besoin de pigeons

voyageurs, les officiers, ses hôtes, réquisitionnèrent les
pigeons du colombier qui, le soir même, relevaient le
menu de la popote. M. d'Orgel l'apprit. A partir de ce
jour, il répéta : « Je ne sais ce que vaut Monsieur
Joffre, mais ses gens sont des escrocs. »

Peu après la disparition des pigeons, sous prétexte
que leur tourelle gênait le tir, et que M. d'Orgel y
pouvait faire des signaux, ordre fut donné d'abattre le
colombier. Le vieillard en était plus fier que de son
château. C'était un de ces colombiers dont la posses-
sion fut un privilège féodal.

Aussi, lors du recul de nos troupes, M. d'Orgel
regretta-t-il fort peu de voir la place prise par les
Allemands. Leurs officiers le traitèrent avec respect.
Un nom noble leur en impose, mais plus que tout autre
celui des Orgel qui, dans leurs dictionnaires, occupe
deux ou trois colonnes. L'Allemagne soigne la gloire de
nos Émigrés, et les Orgel, au début de la Révolution,
étaient partis pour l'Allemagne et l'Autriche où ils
firent souche.

Lorsque les Allemands abandonnèrent Colomer,
M. d'Orgel regagna Paris, afin de ne plus revoir nos
chefs. L'éloge qu'il fit de l'Allemagne compromit
d'avance la croix de son fils. « Les Prussiens ont été
parfaits », répétait-il. Et il louait leurs bonnes
manières.

— D'ailleurs, concluait-il, notre ennemi hérédi-
taire, c'est la France.

Comme Anne se battait et que sa sœur soignait, aux
lignes, les blessés, le comte d'Orgel mourut un soir
d'alerte, d'un arrêt du cœur, dans la cave de son hôtel

de la rue de l'Université, entouré de ses gens : il leur
expliquait que nos aviateurs lançaient de fausses
bombes, par ordre du Gouvernement, pour faire
évacuer Paris.

— Vous venez avec nous au dancing de Robinson,
dit Anne d'Orgel à François, en sortant du cirque
Médrano. Sa femme le regarda avec surprise.

François sursauta. Il était à cent lieues de penser
qu'il pourrait se séparer des Orgel, où qu'ils allassent.

L'auto des Orgel était dépourvue de strapontin. On
n'y pouvait en se serrant tenir que trois. Paul, qui
aimait mieux s'enrhumer que manquer une fête,
monta vite à côté du chauffeur. Ce geste voulait passer
pour un défi à l'adresse de François et signifiait que
Paul était assez lié avec les Orgel pour prendre la plus
mauvaise place. François s'assit entre eux deux.

— Êtes-vous déjà allé à Robinson ? demanda
Mahaut.

François de Séryeuse entendait souvent parler de ce
village par de vieilles personnes, amies de sa famille,
les Forbach. Mme de Séryeuse, depuis son veuvage,
c'est-à-dire peu après la naissance de François, avait
abandonné la rue Notre-Dame-des-Champs, et vivait
toute l'année à Champigny. C'était chez les Forbach
que François s'habillait et dormait lorsqu'il dînait en
ville. Bien que les Forbach lui parlassent du Robinson
de leur jeunesse, François, pour n'y être jamais allé,
imaginait un lieu champêtre où de très vieilles gens se
promènent sur des ânes, dînent en haut des arbres.

L'année qui suivit l'armistice, la mode fut de danser en banlieue. Toute mode est délicieuse qui répond à une nécessité, non à une bizarrerie. La sévérité de la police réduisait à cette extrémité ceux qui ne savent se coucher tôt. Les parties de campagne se faisaient la nuit. On soupait sur l'herbe ou presque.

C'était vraiment avec un bandeau sur les yeux que François faisait ce voyage. Il eût été bien embarrassé de dire quel chemin ils prenaient. La voiture s'arrêtant :

— Sommes-nous arrivés ? demanda-t-il.

Or, on n'était qu'à la porte d'Orléans. Un cortège d'automobiles attendait de repartir ; la foule lui faisait une haie d'honneur. Depuis qu'on dansait à Robinson, les rôdeurs de barrières et les braves gens de Montrouge venaient à cette porte admirer le beau monde.

Les badauds qui composaient cette haie effrontée collaient leur nez contre les vitres des véhicules, pour mieux en voir les propriétaires. Les femmes feignaient de trouver ce supplice charmant. La lenteur de l'employé d'octroi le prolongeait trop. D'être ainsi inspectées, convoitées, comme derrière une vitrine, des peureuses retrouvaient la petite syncope du Grand Guignol. Cette populace, c'était la révolution inoffensive. Une parvenue sent son collier à son cou ; mais il fallait ces regards pour que les élégantes sentissent leurs perles auxquelles un poids nouveau ajoutait de la valeur. A côté d'imprudentes, des timides remontaient frileusement leurs cols de zibeline.

D'ailleurs, on pensait plus à la révolution dans les

voitures que dehors. Le peuple était trop friand d'un
spectacle gratuit, donné chaque soir. Et ce soir-là il y
avait foule. Le public des cinémas de Montrouge,
après le programme du samedi, s'était offert un
supplément facultatif. Il lui semblait que les films
luxueux continuassent.

Il y avait dans la foule bien peu de haine contre ces
heureux du jour. Paul se retournait inquiet, souriant,
vers ses amis. Comme au bout de quelques minutes les
voitures ne repartaient pas, Anne d'Orgel se pencha.

— Hortense! dit-il à Mahaut, nous ne pouvons
laisser Hortense ainsi! C'est sa voiture qui est en
panne.

Sous un bec de gaz, en robe du soir, un diadème sur
la tête, la princesse d'Austerlitz dirigeait les travaux de
son mécanicien, riait, apostrophait la foule. Elle était
accompagnée d'une dame de la colonie américaine,
Mrs. Wayne, qui jouissait d'une grande réputation de
beauté. Cette réputation de beauté, comme presque
toutes les réputations mondaines, était surfaite. La
plus élémentaire clairvoyance découvrait que
Mrs. Wayne n'agissait pas comme une femme qui
possède un avantage certain.

La princesse d'Austerlitz était magnifique, elle, sous
ce bec de gaz, dont l'éclairage lui convenait mieux que
celui des lustres. Elle évoluait entourée de voyous,
autant à l'aise que si elle eût toujours vécu en leur
compagnie.

Pour n'avoir pas à prononcer un nom aussi clin-
quant que le sien, tout le monde l'appelait Hortense,
ce qui pouvait laisser entendre qu'elle était l'amie de

tout le monde. D'ailleurs elle l'était, sauf des gens qui
ne voulaient point. Car elle était la bonté même. Mais
des moralistes l'eussent peut-être déploré pour la
Bonté. A cause de la liberté de ses mœurs, certaines
maisons lui étaient hostiles. Arrière-petite-fille d'un
maréchal de l'Empire, elle avait épousé le descendant
d'un autre maréchal. De tous ceux qui connaissaient sa
femme, le prince d'Austerlitz était le seul qui ne fût pas
intime avec elle. D'ailleurs, elle ne dérangeait pas ce
prince, que la jeunesse croyait mort, tant il faisait peu
de bruit : il consacrait sa vie à l'amélioration de la race
chevaline. Hortense tenait-elle de son ancêtre le maréchal Radout, commis-boucher dans son âge tendre,
cette carnation trop riche, cette chevelure crêpelée,
dont on se demande si elles ne résultent pas du
voisinage des viandes crues ? Bonne femme, bonne
fille, elle prévenait en sa faveur les gens du commun
qui la trouvaient belle femme. Bonne fille, et même
bonne arrière-petite-fille, puisque, loin de renier ses
origines, elle rendait hommage au maréchal jusque
dans ses amours. Elle n'avait le goût que de la santé
des Halles, et on lui reprochait d'avoir des appétits
malsains !

La jeune génération lui en montrait moins rigueur
que la sienne et les Orgel, dont on ne pouvait pourtant
mettre la moralité en doute, ne la tenaient pas à
l'écart. C'est ainsi que François qui ne connaissait pas
les Orgel, connaissait Hortense.

Les trois hommes baisant la main de Mme d'Austerlitz, les spectateurs rirent.

François déjà s'incorporait à ce point aux Orgel

qu'il ne comprit nullement la cause des rires. Outre le geste du baisemain, la voix du comte d'Orgel mettait aussi la foule en gaieté.

Une chose dont Mme d'Orgel ne se rendait pas compte, c'était que la sympathie aveugle de la foule allait davantage à Hortense d'Austerlitz et à Hester Wayne qu'à elle-même, parce que la princesse et l'Américaine habillées pour le soir, étaient *en cheveux,* et pour les femmes du peuple l'attribut de la *dame,* c'est avant tout le chapeau.

Seul, au second rang, un colosse se permettait de ne pas montrer de sympathie pour la princesse. « Ah ! si j'avais des grenades ! » avait-il d'abord grogné. Mais les murmures lui enseignèrent que s'il tenait à sa peau il ne fallait pas insister. Il changea de mauvaise humeur, s'en prit au mécanicien, le traita de « gourde ». Aussi bien, chaque fois que le malheureux, suant, croyait réussir, le cric, mal calé, laissait retomber la voiture. La princesse cria à la mauvaise tête :

— Dis donc, espèce de fainéant, si tu nous aidais au lieu de crâner !

Il en est de certaines situations, de certains mots, comme au jeu de pile ou face.

— Ça se gâte, pensa Paul.

Au contraire, cette phrase valut une ovation à la princesse.

Sans doute l'ovation en imposa-t-elle au colosse, car, en maugréant — ce qui était un comble, et montrait bien qu'il se rendait à un devoir, — l'homme traversa la foule, se glissa sous l'auto et la mit séance tenante en état de repartir.

« Donnez donc un verre de porto à Monsieur », dit
Hortense au mécanicien. On sortit du coffre une
bouteille et des gobelets. Alors, trinquant avec le
sauveteur, la princesse acheva ses conquêtes.

— Allons, hop, en route ! cria-t-elle.

Et c'est, participant un peu au soleil de la princesse
d'Austerlitz, que les Orgel avec Séryeuse, et Paul
émerveillé, partirent pour Robinson.

Ainsi se font les coups d'État.

Gérard, ancien croupier, était un des deux ou trois
hommes qui, pendant la guerre, organisèrent les
divertissements des Parisiens. Il fut un des premiers à
installer les dancings clandestins. Traqué par la police,
et la redoutant davantage pour des affaires antérieures
que pour son insoumission présente aux ordonnances,
il changeait de local tous les quinze jours.

Une fois fait le tour de Paris, ce fut lui enfin qui
remplaça le dancing en chambre par la petite maison
de banlieue. La plus célèbre fut celle de Neuilly.
Pendant plusieurs mois, les couples élégants polirent le
carrelage de cette maison de crime, se reposant entre
deux danses sur des chaises de fer.

Gérard, grisé par le succès, voulut alors étendre son
entreprise. Il loua, un prix absurde, l'immense château
de Robinson, construit vers la fin du siècle dernier, sur
les ordres d'une folle, la fille du célèbre parfumeur
Duc, celui-là même dont les prospectus, les étiquettes,
jouant sur les mots, s'ornent d'une couronne ducale.

Cette couronne apparaissait aussi à la grille et au

fronton du manoir où Mlle Duc consacra sa vie à l'attente d'un tzigane infidèle.

A quelques kilomètres de la porte d'Orléans, des hommes munis de lampes de poche indiquaient le chemin du château aux automobilistes.

De temps en temps, Paul se retournait vers les Orgel et François, et leur souriait. Ce sourire pouvait s'interpréter de façons diverses. C'était soit : « Mais non, je vous assure, je suis très bien, il ne fait pas froid du tout », soit le sourire qui pardonne. Il sentait vaguement qu'on s'était joué de lui... Peut-être son sourire ne reflétait-il que le plaisir d'un enfant qui fait une promenade.

Toujours à la suite de la voiture Austerlitz, l'auto des Orgel pénétra dans la cour d'honneur. Avant même de s'arrêter devant le perron, ils virent à travers un vitrage, et dans ce que Gérard appelait la Salle des Gardes, une table immense autour de laquelle étaient assis nombre d'hommes en frac. Deux femmes seulement, chacune à un bout de la table.

Venant du cirque, les Orgel, Paul et François, étaient en costume de jour. Paul recula un peu : heureusement la fierté d'affronter cette brillante assistance avec les Orgel et la princesse d'Austerlitz, contrebalançait chez lui l'ennui de n'être point convenable. Mais quelle ne fut pas sa stupeur quand, au bruit des klaxons, hommes et femmes s'envolèrent, faisant disparaître la table comme un décor de féerie. L'un d'eux ouvrit la porte à deux battants et s'empressa au-devant de la Princesse. C'était Gérard, et, on le devine, cette table nombreuse le reste du personnel. Chacun, à l'arrivée des clients, avait regagné son poste. Gérard, qui depuis quelques jours se voyait abandonné par la chance dans un dancing vide, voulait au moins se concilier son personnel et le gavait des vivres de la veille, destinés aux clients qui n'étaient pas venus. Un « collègue » racolait en route, avec un système de lampes, les automobiles novices.

La musique joua. François de Séryeuse fut heureux de ce bruit qui lui permettait de se taire.

Il se retourna vers Mme d'Orgel, sans penser qu'il lui souriait.

— Mirza ! voilà Mirza ! s'écria Mme d'Austerlitz.

En effet, paraissait, avec quelques amis, le Persan, cousin du Shah, que l'on appelait ainsi. « Mirza » n'était pas son nom, mais son titre. Tout le monde avait adopté ce raccourci, surnom amical.

On ne pouvait rêver de Persan plus persan que Mirza. Mais le faste des ancêtres reparaissait chez lui sous d'autres formes. Il n'avait pas de harem ; son unique femme, même, était morte. Il collectionnait les automobiles. Toujours le premier à vouloir le neuf, il les achetait encore imparfaites, et avant qu'elles fussent mises au point. Il lui arriva de rester en panne, sur la route de Dieppe, avec la plus grosse voiture du monde, qu'on ne pouvait réparer qu'à New York.

Il était enragé de politique, comme tous ses compatriotes.

A Paris, Mirza apparaissait sous un jour frivole. On attribuait à ce prince le sens du plaisir. La raison en était simple : si un endroit était triste, Mirza rebroussait chemin. Chasseur infatigable, il ne s'entêtait jamais ; et son acharnement à poursuivre le bonheur, le plaisir, prouvait assez qu'il ne les tenait point.

Mirza portait beaucoup d'amitié à François de Séryeuse. Celui-ci le lui rendait. Il soupçonnait ce prince de valoir mieux qu'une aimable réputation.

Mirza était devenu un tel fétiche, on lui attribuait si bien le pouvoir d'animer une fête, que chacun se forçait à montrer de l'entrain dès qu'il paraissait. François de Séryeuse, ce soir-là, vit en Mirza un fâcheux. Son arrivée secoua la bande. Personne n'avait encore songé à danser. On dansa. François de Séryeuse n'était pas un danseur. Il se désola de ne pouvoir étreindre Mme d'Orgel.

Un couple qui danse révèle son degré d'entente. L'harmonie des gestes du comte et de la comtesse d'Orgel prouvait un accord que donne seul l'amour ou l'habitude.

Pouvait-on accuser Anne de ne devoir qu'à l'habitude son entente avec Mahaut ? Non, la comtesse avait assez d'amour pour tous les deux. Son amour était si fort qu'il déteignait sur Anne et faisait croire à la réciprocité. François ne devinait rien de cela. Il avait en face de lui un couple tendrement uni. Cette union lui faisait plaisir. Il éprouvait un sentiment bien distinct de ceux dont il avait l'habitude. Chez lui la jalousie précédait l'amour. Cette fois son esprit n'accomplissait pas sa besogne. François ne cherchait pas dans ce ménage une fissure par où s'introduire. Il avait

autant de plaisir à voir Mme d'Orgel danser avec son
mari que si lui-même eût dansé avec elle. Il les enviait,
bouche bée, ne répondant pas à Hester Wayne, ne
l'entendant même pas, se disant que s'il pouvait
prétendre à un bonheur où Mme d'Orgel jouât un rôle,
ce serait dans l'accord d'Anne et de Mahaut, et non
dans leur mésentente.

Le comte d'Orgel ne s'asseyait plus. Pour se reposer
de la danse, il préparait des mélanges, qui tenaient
plus de la sorcellerie que de l'art du barman. Tout le
monde goûta au premier, mais personne ne se laissa
prendre au second, pas même l'auteur. Seule
Mme d'Orgel en but parce qu'il était préparé par
Anne, et Séryeuse, pour suivre Mme d'Orgel.

Mrs. Wayne, qui voulait d'abord faire danser François, avait abandonné la danse pour s'asseoir près de
lui. Il aurait préféré être seul. Devant le lourd badi-
nage de cette Américaine, il se jugeait bien novice.
C'est qu'elle parlait de choses que François avait
oubliées, tandis qu'elle les savait de la veille. Elle
faisait des « mots » qu'il prenait pour des fautes de
français. S'efforçant de lui plaire, de briller, elle
s'accrochait à une image, à une pensée, qui ne valaient
guère qu'on s'y attardât. Reprenant le mot « sorcellerie » prononcé par quelqu'un, après les mélanges
d'Anne d'Orgel, elle parla de philtres, et crut lui
exprimer d'une façon délicate qu'il était loin de lui
déplaire, en lui chuchotant la recette illustre de ce
philtre qui lia pour jamais Tristan et Yseult, ainsi que
celle d'autres cocktails, de tout temps et de tous pays,
destinés à inspirer l'amour.

François de Séryeuse se réveilla. Que racontait-elle ? Il pensa qu'il avait bu seul avec Mme d'Orgel un breuvage qu'elle aurait dû boire avec Anne et dont celui qui l'avait fait n'avait pas bu.

Il se crut deviné par Hester Wayne. Il en montra du trouble. Devant ce trouble, l'Américaine pensa que François de Séryeuse était encore plus niais qu'elle n'avait imaginé, mais qu'il valait la peine qu'on le déniaisât.

— Dans toutes ces boissons, dit-elle, continuant son épais marivaudage, il faut de la poudre de mandragore. Moi, je peux me faire aimer de qui je veux, car j'ai *un* mandragore. Il faudra venir le voir, il n'y en a que cinq au monde.

Elle avait acheté cette racine à forme humaine en 1913, pour quelques sous, dans un bazar de Constantinople. Elle croyait acheter une statuette nègre.

— Il faudra que je fasse votre buste, dit-elle après un silence.

— Vous sculptez ? demanda distraitement François.

— Pas spécialement ; mais, petite, j'ai appris tous les arts.

A quoi s'intéressait donc ce Séryeuse ? Elle se demanda si elle ne s'était pas montrée trop fine. Elle essaya de se mettre (croyait-elle) à son niveau. Elle se multiplia pour le distraire et l'amuser, en l'instruisant de sa flamme. François était presque malhonnête, il cachait à peine son ennui. Alors, éperdue, Hester Wayne, comme une femme dans le bureau d'un directeur de music-hall, et qui voulant se faire engager

à tout prix montre tous ses talents, demanda un crayon
au maître d'hôtel, et prouva comment, avec deux huit
tracés côte à côte, on obtient deux cœurs renversés.
L'orchestre cessait. Mme d'Orgel, étourdie, fatiguée,
s'assit n'importe où. Pour François ce ne fut pas
n'importe où, car c'était à côté de lui. Elle vit, dessinés
sur la nappe, ces deux cœurs s'enlaçant tête-bêche.

Sans y prendre garde, elle leva des yeux interroga-
teurs.

L'Américaine feignait la mine honteuse des fla-
grants délits. François de Séryeuse la détesta de
pouvoir donner à croire à Mme d'Orgel qu'ils étaient
complices.

— Mrs. Wayne me montrait un de ses tours, dit
François, répondant à la muette interrogation de
Mahaut.

La sécheresse, l'insolence de François ne déplurent
point à Mme d'Orgel. Quand elle sut que ces cœurs
étaient formés de chiffres, elle trouva l'idée charmante
et s'empressa de corriger la brusquerie de François
auprès d'Hester Wayne.

Elle pensa : « Cette danse m'a brouillé l'esprit. Où
faut-il que j'aie la tête pour avoir cru que ce jeune
homme dessinait des cœurs sur les nappes ! »

Comme elle disait à Mrs. Wayne des paroles
aimables, François se montra aimable aussi pour
plaire à Mahaut, et Hester Wayne pensa qu'elle l'avait
enfin conquis.

François de Séryeuse sentait la fatigue lui modeler le
visage. Hester regardait, clignait des yeux artistes.

— Vous avez beaucoup plus de caractère, ainsi.
C'est fatigué que je sculpterai votre buste.

Pensait-elle faire succéder ses séances de pose à
d'autres séances ? François de Séryeuse entendit inno-
cemment la phrase : pas une seconde la pensée ne
l'effleura que Mrs. Wayne pouvait disposer, pour le
fatiguer, d'autres moyens que sa conversation. Il
oubliait que cette Américaine était femme, et fort belle.

Mahaut sortit la glace qu'elle consultait, non par
coquetterie, mais comme une montre, pour savoir s'il
était l'heure du départ. Sans doute déchiffra-t-elle une
heure tardive sur son visage, car elle se leva.

— Vous devez être serrés, dit Hester à Mme d'Orgel. Hortense et moi pourrions prendre quelqu'un.

Elle dit cela avec un ton léger, mais son regard vers
François prouvait assez qu'il ne lui était nullement
indifférent que ce fût Paul ou François qui montât avec
elle et la princesse d'Austerlitz.

Paul fit un rapide calcul mental. Fallait-il laisser son
ami seul avec les Orgel ou avec Mrs. Wayne, dont il
croyait que François s'était occupé davantage que des
Orgel ?

Paul était de ces joueurs malchanceux qui, voyant
quelqu'un gagner, se décident trop tard à le suivre, et
misent avec lui lorsqu'il commence à perdre. Il
s'égarait dans des martingales, il brouillait tout.

Il en voulait à François du tour de Médrano. Il crut
se venger et contrecarrer ses projets en prenant sa
place dans la voiture d'Hortense.

Il le sauvait.

Dans l'auto, Anne d'Orgel dit à son hôte :

— Enfin, de quoi avez-vous bien pu parler avec Hester Wayne ?

Cette question, pour qui connaissait Anne, prouvait qu'il portait déjà de l'intérêt à François. C'était l'esprit le plus délicieux, mais le plus autoritaire, le plus exclusif, que le comte d'Orgel. Il « adoptait » les gens, plus qu'il ne se liait avec eux. En retour, il exigeait beaucoup. Il entendait un peu diriger. Il exerçait un contrôle.

François fut étonné de cette question. Mais il ne fut pas fâché qu'Anne d'Orgel lui fournît l'occasion de se justifier devant sa femme. Comme il s'en voulait d'avoir pu lui déplaire en rudoyant Hester Wayne, il se justifia en ces termes :

— C'est bien simple. J'étais le seul à ne pas danser et je lui suis très reconnaissant de m'avoir tenu compagnie.

— C'est juste, dit Anne à sa femme, sur un ton de reproche qui s'adressait à tous deux. Ce pauvre ! Nous l'entraînons à Robinson, et il ne danse pas !

François ne répondit rien. Il n'avait pas dansé, mais il avait bu le philtre.

Anne d'Orgel cherchait à réparer sa négligence. Il pensa que seule une prompte invitation pourrait y réussir.

— Pourquoi ne viendriez-vous pas déjeuner bientôt, dit-il, comme s'il connaissait François de longue date. Après-demain, par exemple ?

Le surlendemain, François de Séryeuse n'était pas libre.

— Demain alors !

Mme d'Orgel n'avait pas ouvert la bouche. L'empressement d'Anne, si peu dans son caractère à elle, lui semblait légitime. On le devait à Séryeuse après leur distraction.

François avait dit à Mme de Séryeuse qu'il serait de retour à Champigny pour déjeuner. Mais il lui parut impossible de ne pas répondre à la marque de confiance que lui donnait le comte d'Orgel en l'invitant comme un intime. Il accepta. Il ignorait le programme des Orgel. Leur vie mondaine ne commençait que l'après-midi ; ils déjeunaient toujours chez eux, la plupart du temps seuls. Aussi n'étaient priées à déjeuner que les personnes envers lesquelles ils n'avaient pas de devoirs et que l'on voyait pour le plaisir. Mais ces invités entraient rarement dans l'hôtel aux autres heures du jour. Ces invitations à déjeuner étaient donc à la fois une preuve d'amitié et d'un peu de dédain. Mais François ignorait les rouages complexes de cette machine mondaine, et leur invitation lui causa plus de plaisir qu'une invitation du soir, à laquelle il n'eût pu prétendre. Il accepta avec une joie visible. Cette joie plut au comte d'Orgel. Il avait l'enthousiasme facile. Une nature riche ne marchande pas, ne cherche pas à dissimuler. Le comte d'Orgel aimait à retrouver sa prodigalité chez les autres ; c'était pour lui le meilleur signe de noblesse. Il n'acceptait jamais la moindre invitation, le moindre cadeau, sans le signe extérieur du plaisir, le propre d'une nature noble étant de ne pas imaginer que tout lui est dû, ou du moins de cacher qu'elle le croit. C'est un Robin qui s'efforce de dissimuler le plaisir que lui font les choses, par crainte de paraître naïf, ou flatté. Aussi ce mouvement de François lui gagna-t-il le cœur du comte, plus que n'importe quel calcul.

Ils se quittèrent à cinq heures, quai d'Anjou.

— Comme tu es rentré tard, dit Mme Forbach à
François quand celui-ci, à neuf heures, entra dans la
salle à manger où ils prenaient leur petit déjeuner en
commun. Je t'ai entendu, ajouta-t-elle. Il devait être
au moins une heure du matin.

Mme Forbach possédait l'innocente coquetterie des
vieilles gens qui prétendent avoir le sommeil léger. Elle
et son fils Adolphe habitaient depuis trente ans le rez-
de-chaussée de cette vieille maison de l'île Saint-Louis.
Mme Forbach avait soixante-quinze ans. Elle était
aveugle. Son fils Adolphe avait toujours eu l'apparence
d'un vieillard. Il était hydrocéphale.

François de Séryeuse apportait sa jeunesse dans
cette maison, dont il n'avait jamais remarqué le
tragique, tant ces deux êtres eux-mêmes ne le ressen-
taient point. Il écoutait sans surprise cette aveugle lui
dire : « Comme tu as mauvaise mine ! » car la vie de
François apparaissait incroyable à une femme qui
toute la sienne s'était couchée à neuf heures.

Dès que François atteignit un âge l'autorisant à

quelque liberté, Mme de Séryeuse imagina cette combinaison : lui donner une chambre chez les Forbach. Elle leur versait une mensualité pour le logement et les repas de son fils. Mme Forbach d'abord s'était récriée, la trouvant excessive. Mme de Séryeuse avait tenu bon. Elle était heureuse de saisir ce prétexte pour aider un peu ces vieux amis des Séryeuse, et encore plus pour pouvoir exercer un contrôle sur son fils. Celui-ci d'ailleurs ne se plaignait nullement de la combinaison. Au contraire, elle lui apportait un équilibre.

Mme Forbach avait été mariée en 1860 au hobereau prussien von Forbach, un alcoolique, collectionneur de virgules. Cette collection consistait à pointer le nombre de virgules contenues dans une édition de Dante. Le total n'était jamais le même. Il recommençait sans relâche. Il fut aussi un des premiers à collectionner des timbres, ce qui à l'époque semblait fou.

Au bout de quinze ans, un monstre vint consoler la pauvre femme de ce mariage. Non seulement elle refusa de croire à la monstruosité de son fils, mais encore elle disait de cet hydrocéphale : « Il a le front de Victor Hugo. »

Lors de sa grossesse, Mme Forbach s'était retirée à Robinson chez des amis. L'heure de la délivrance approchant, on avait mandé une sage-femme. Celle-ci ne put arriver. On appela le médecin du village. Mme Forbach déclara qu'elle aimait mieux accoucher comme les bêtes, que recevoir l'assistance d'un homme. « Mais un docteur n'est pas un homme », lui disait-on. Elle criait de plus belle. Il fallut bien qu'elle se rendît. Quelques années après, Mme Forbach, ayant appris la mort du médecin de Robinson, avoua que cette mort la soulageait. Seules les saintes avouent ces pensées-là.

Souvent, en face d'elle, François regrettait ses plaisirs. Mais ce matin, il était si joyeux de sa rencontre, il ressentait un tel besoin d'en parler, même de façon indirecte, qu'il raconta son équipée à Robinson. Il se dit aussitôt que si on l'interrogeait, il serait bien embarrassé pour dépeindre ce village. Mais Robinson éveillait en Mme Forbach une foule de souvenirs. Loin d'interroger, elle parla.

François de Séryeuse connaissait ces souvenirs. Chez les Forbach la conversation se réduisait à fort peu. C'était toujours la même. Mais elle reposait François des racontars de la ville. A force de les avoir entendus, ces souvenirs étaient presque siens. Adolphe Forbach, lui, était sûr d'avoir été de ces parties de campagne antérieures à sa naissance.

On finissait par se croire non en face d'une mère et d'un fils, mais d'un vieux ménage.

Ce ménage avait bien organisé sa vie intime, l'économie de son bonheur émerveillait François. Il tirait un enseignement profond de ces deux êtres qui n'avaient besoin de rien! A quoi eussent servi ses yeux à Mme Forbach? Elle vivait de souvenirs. Tout ce à quoi elle tenait, elle le connaissait par cœur. Parfois François, assis à côté d'elle, feuilletait un album plein de photographies de M. de Séryeuse. Sa mère les lui cachait. Car il était officier de marine; il était mort en mer et Mme de Séryeuse évitait à son fils tout ce qui eût pu lui donner le goût d'une carrière maudite. Mme Forbach réprouvait un peu Mme de Séryeuse de cacher à son fils des reliques. C'est qu'elle ignorait l'inquiétude des mères ; même ce qu'elles craignent lui aurait été un bonheur auquel elle ne pouvait prétendre, puisque son malheureux Adolphe ne pouvait faire seul un pas dans la vie.

François était ému lorsque, tournant les feuilles de l'album, Mme Forbach, fermée à ces images mais qui portait chacune gravée dans son cœur, lui disait comme une voyante : Voici ton père à quatre ans, à dix-huit. Voici son dernier portrait, sur son bateau ; il nous l'avait envoyé.

« Comme je me serais entendu avec lui », soupirait-il. Ce soupir ne visait pas sa mère : car pour qu'il y ait entente ou mésentente, il faut des préoccupations communes. Or, tandis que la vie de Mme de Séryeuse était d'« intérieur », dans tous les sens du mot, celle de son fils était extérieure, épanouissait ses pétales. La froideur de Mme de Séryeuse n'était qu'une grande réserve, et peut-être une impossibilité à dévoiler ses sentiments. On la croyait insensible, et son fils lui-même la trouvait distante. Mme de Séryeuse adorait son fils, mais, veuve à vingt ans, dans sa crainte de donner à François une éducation féminine, elle avait refoulé ses élans. Une ménagère ne peut voir du pain émietté ; les caresses semblaient à Mme de Séryeuse gaspillage du cœur et capables d'appauvrir les grands sentiments.

François n'avait en rien souffert de cette fausse froideur, tant qu'il n'avait pas soupçonné qu'une mère

pût être différente. Mais lorsque des amis lui vinrent,
le monde lui donna le spectacle de sa fausse chaleur.
François compara ces excès à la tenue de Mme de Séryeuse, et s'attrista. Aussi cette mère et ce fils, qui ne
savaient rien l'un de l'autre, se lamentaient séparé-
ment. Face à face ils étaient glacés. Mme de Séryeuse,
qui pensait toujours à la conduite qu'aurait tenue son
mari, s'interdisait les larmes. « N'est-il pas normal
qu'un fils de vingt ans s'éloigne de sa mère ? » se
disait-elle. « Manquerais-je de courage ? » Et le chagrin
filial de François, par cette loi même que formulait
Mme de Séryeuse, se consolait dehors.

   Une chose troublait François de Séryeuse, c'était la
façon dont parlait de son père Mme Forbach ; car elle
l'avait connu dans sa plus tendre enfance, si bien
qu'elle parlait à François, traité en grand garçon, d'un
enfant qui était son père. De même, des intimes des
Forbach, M. de la Pallière, le Commandant Vigoureux
disaient : « J'ai beaucoup connu Monsieur votre
père » et lui en parlaient, comme ils parlaient de lui-
même, c'est-à-dire d'un homme plein d'espérances.

   François de Séryeuse, auprès de ce vieux cercle,
jouissait d'un assez grand prestige : il le réconciliait
avec la jeunesse. Il écoutait ces vieillards ; pour cette
complaisance, on lui prédisait un bel avenir. Ce n'était
point, disaient les amis de Mme Forbach, une tête
brûlée, une de ces cervelles folles, qui composent la
jeunesse d'aujourd'hui. De plus, on s'émerveillait de sa
modestie, car, interrogé sur ses études, il ne répondait
pas, détournait la conversation, la ramenait aux

souvenirs. Personne chez les Forbach n'eût admis que
ce jeune homme qui écoutait si bien fût un paresseux.

En dehors de ces visites, l'existence des Forbach
était consacrée au « rachat des petits Chinois ». Du
moins elle l'avait été jusqu'en 1914. L'enfance de
François s'émerveilla de cette œuvre mystérieuse. Il
savait simplement que les petits Chinois se rachètent
avec des timbres-poste. Il était de tradition dans la
famille de François, chez ses tantes, ses cousines, de
ramasser le plus de timbres possible pour Adolphe.
Celui-ci, comme son père pour les virgules, tenait un
compte exact des timbres qu'on lui apportait. Dès qu'il
en avait réuni un nombre suffisant, il les envoyait à
l'œuvre.

Naturellement, Adolphe n'avait pas épargné la
collection de von Forbach. Et c'est ainsi que dans cette
œuvre égalitaire, parmi les « République Française »
sans valeur, prirent place les timbres de l'île Maurice,
dont un seul eût suffi pour racheter tous les petits
Chinois.

La guerre de 1914 changea les occupations d'Adolphe Forbach. Ce ne fut plus des timbres que l'on porta
aux Forbach, mais des journaux. Adolphe et sa mère
taillaient dans les fausses nouvelles des plastrons
destinés à préserver du froid. Mme Forbach tricota
même des gants, des chandails, des chaussettes, des
passe-montagnes.

Les Forbach déjeunaient une fois par an chez
Mme de Séryeuse, le jour de l'anniversaire de la
bataille de Champigny. François venait le matin les

chercher dans une automobile de louage. Pour rien au monde ils n'eussent manqué cette cérémonie.

Mme Forbach et Adolphe, qui faisaient partie de la Ligue des Patriotes, applaudissaient les discours, sur les lieux mêmes où était tombé Forbach, mais de l'autre côté, car, au moment où éclata la guerre de 70, il était en Prusse pour recueillir une petite succession. Les fleurs qu'Adolphe jetait sur le monument de Champigny étaient donc à la fois celles du fils Forbach et d'un membre de la Ligue des Patriotes.

A peine assis, le comte d'Orgel se lança dans un de ces monologues qu'il appelait une conversation. Essayant de « situer » son hôte, il introduisit dans ce monologue nombre de noms propres, pour permettre à François de marquer s'il les connaissait. Le résultat de cet interrogatoire détourné satisfit le comte d'Orgel. Il se rendit hommage. Il avait eu raison de se montrer aimable envers Séryeuse.

François, d'habitude, goûtait assez les bavards, non pour ce qu'ils disent, mais parce qu'ils permettent de se taire. Cette fois, il s'irrita de ne pouvoir placer un mot, et de la façon, quoique flatteuse, dont Anne lui coupait la parole. Dès qu'il ouvrait la bouche, Anne s'exclamait, riait aux éclats, la tête renversée, d'un rire aux notes inhumaines, suraigu. « Je ne me serais jamais soupçonné tant d'esprit », pensait François. Non content de rire, d'applaudir aux paroles de Séryeuse, pourtant bien anodines, Anne le proclamait sublime, merveilleux, admirable, et répétait ses phrases à sa femme. Cette dernière singularité n'était pas ce

qui dérangeait le moins Séryeuse. Car Anne d'Orgel
répétait la phrase de François, mot à mot, comme s'il
eût traduit une langue étrangère, et Mme d'Orgel, dans
son amour conjugal, paraissait n'entendre que lorsque
c'était Anne qui parlait. Celui-ci n'agissait de la sorte
que pour conserver le dé de la conversation. Buvait-il,
mangeait-il, il agitait sa main libre pour empêcher
qu'on s'en emparât, et imposer silence. Ce geste était
devenu un tic, et il le faisait même quand il n'y avait
rien à craindre, comme ce jour-là, où sa femme, qui ne
parlait jamais, et François, qui parlait peu, n'étaient
point d'une concurrence redoutable.

François de Séryeuse trouva le comte d'Orgel plus
que la veille identique au portrait tracé de lui par ceux
qui ne l'aimaient pas. Dans sa surprise, il rapetissa
toute sa soirée et sa nuit à mesure d'homme, et même
d'homme du monde. Il en niait le merveilleux, ne
voulant plus voir dans cette espèce d'entente qu'un
tour joué à Paul Robin. Aussi quand ils passèrent au
salon, François cherchait un moyen correct de prendre
congé le plus vite possible.

Un feu de bois brûlait dans le salon. La vue de cette
cheminée éveilla chez Séryeuse des souvenirs de campagne. Les flammes fondaient la glace qu'il sentait le
prendre.

Il parla. Il parla simplement. Cette simplicité
choqua d'abord le comte d'Orgel, comme une exclu-
sion. Il n'avait jamais pensé que quelqu'un pût dire :
« J'aime le feu. » La figure de Mme d'Orgel, par
contre, se mit à vivre. Elle était assise sur la banquette

de cuir qui surmontait le garde-feu. Les paroles de
François la rafraîchirent comme un envoi de fleurs
sauvages. Elle ouvrit les narines, respira profondément. Elle desserra les lèvres. Tous deux parlèrent de
la campagne.

François, pour jouir davantage du feu, avait appro-
ché son fauteuil, posé sa tasse de café sur la banquette
où était assise Mme d'Orgel. Anne, accroupi par terre,
face à cette haute cheminée comme devant une scène
d'Opéra, se taisait aussi docilement que s'il n'eût
jamais fait autre chose.

Que se passait-il ? Pour la première fois de sa vie,
Anne d'Orgel était spectateur. Il goûtait leur dialogue,
non pas pour ce qu'il exprimait, mais plutôt pour sa
musique. Car la campagne restait lettre morte pour le
comte.

Il fallait à la nature une protection royale pour qu'il
lui trouvât du charme. Il ressemblait à ses ancêtres
pour qui, hors Versailles et deux ou trois lieux de ce
genre, la nature est une forêt vierge, où un homme bien
« ne se hasarde pas ».

En outre, pour la première fois, Anne d'Orgel voyait
sa femme hors de son soleil, de ses préoccupations. Il
lui en trouva plus de saveur, comme si elle eût été la
femme d'un autre.

— Quel dommage, Anne, que vous n'ayez pas les
mêmes goûts que moi, dit Mme d'Orgel, animée par ce
dialogue.

Aussitôt elle se calma et sa phrase lui apparut
comme dite à la légère, une bévue sans signification.
Or ces mots, qu'elle n'avait jamais prononcés, ni

même pensés, étaient pourtant significatifs. La différence entre Anne et Mahaut était profonde. C'était
celle qui, au cours des siècles, opposa les Grimoard
aux Orgel comme le jour à la nuit — cet antagonisme
de la noblesse de cour et de la noblesse féodale. La
chance avait toujours souri aux Orgel. Ainsi, quoique
de petite noblesse, ils étaient parvenus, sans qu'ils y
aidassent, à bénéficier de leur homonymie avec les
Orgel dès longtemps éteints, dont le nom se retrouve
souvent dans Villehardouin, à côté de celui de Mont-
morency. Ils réalisaient le type parfait du courtisan.
Leur nom était en première place.

On pouvait donc être fort surpris des extraordinai-
res mensonges du comte d'Orgel, destinés à souligner
sa gloire certaine. Mais, pour lui, mensonge n'était pas
mensonge ; il ne s'agissait que de frapper l'imagination. Mentir, c'était parler en images, grossir certaines
finesses aux yeux des gens qu'il jugeait moins fins que
lui, moins aptes aux nuances. Un Paul s'étonne de ces
impostures naïves. Le comte d'Orgel ne négligeait
même point le mélodrame. La cave de son hôtel lui
semblait un décor particulièrement propice, comme si
dans ses ténèbres on pût moins bien distinguer le
faux... Un jour, une bombe lancée par les Allemands y
avait frappé son père ; un autre, on y avait, au début de
la Révolution, caché Louis XVII.

Mahaut et François s'étaient tus. Anne, comme un
enfant qui ne veut pas se séparer d'un jouet nouveau,
prolongeait son silence. Le silence est un élément
dangereux. Mme d'Orgel attendait que son mari se

décidât à le rompre, pensant qu'il ne lui appartenait point à elle de le faire.

Le téléphone sonna.

Anne se leva et décrocha le récepteur. C'était Paul Robin.

— Il y a là quelqu'un qui veut vous parler, dit Anne, au bout de quelques répliques, en tirant François par la manche.

« Toi ! c'est toi ! » balbutia Paul, dès qu'il entendit la voix de Séryeuse. Encore avec les Orgel ! se dit-il. Que signifie cette farce ? J'en aurai le cœur net.

Il oublia qu'il n'était jamais libre, que chacune de ses heures, de ses demi-heures était soi-disant prise et, détruisant cet échafaudage, il dit à François d'une voix alerte :

« Peux-tu dîner avec moi ? Je voudrais te parler. J'aimerais te voir. »

François de Séryeuse n'avait rien d'autre à faire que de retourner à Champigny. Une fois de plus, il remit ses devoirs familiaux.

« Surtout ne raccroche pas, j'ai à parler à " Monsieur d'Orgel ". »

Les Muscadins, pour ne pas s'abîmer le galbe, omettaient de prononcer les R. Notre époque, dont la peur du ridicule frise le grotesque, est possédée d'un travers analogue. Paul Robin cultivait cette pudeur absurde, essentiellement moderne, qui consiste à ne pas vouloir paraître dupe de certains mots sérieux et de certaines formules de respect. Pour n'en pas prendre la responsabilité, on les prononce comme entre guillemets.

Ainsi Paul n'employait jamais un lieu commun, sans le corser d'un petit rire, ou le précéder d'une respiration. Il prouvait par là qu'il n'était pas crédule.

Ne pas vouloir être dupe, c'était la maladie de Paul Robin. C'est la maladie du siècle. Elle peut parfois pousser jusqu'à duper les autres.

Tout organe se développe ou s'atrophie en raison de son activité. A force de se méfier de son cœur, il n'en possédait plus beaucoup. Il croyait s'aguerrir, se bronzer, il se détruisait. Se trompant complètement sur le but à atteindre, ce suicide lent était ce qu'il goûtait le plus en lui-même. Il croyait que ce serait mieux vivre. Mais on n'a encore trouvé qu'un seul moyen d'empêcher son cœur de battre, c'est la mort.

Ce fut donc flanqué de guillemets que Paul prononça son « monsieur d'Orgel ».

Anne reprit l'appareil. La curiosité de Paul ne pouvait attendre l'heure du dîner. Il prétendait avoir une chose urgente à confier aux Orgel. Pouvait-il venir tout de suite ?

Il n'était guère dans la nature de Paul d'avoir des secrets à confier, et qui ne peuvent pas attendre.

— Ce pauvre Paul, notre innocente plaisanterie d'hier soir l'a troublé, dit Anne, en raccrochant le récepteur. On dirait qu'il croit que nous conspirons contre lui.

Le téléphone avait rompu le charme. François de Séryeuse pensa : « Le système de Paul a du bon. Je commence à comprendre ses causes et la contrariété

que peut être pour lui la rencontre d'un ami. Mais il
devrait bien appliquer son système aux autres. »

En effet, Paul avait agi comme ces voisines de
province qui, sous un prétexte futile, arrivent quand
elles pensent surprendre un secret et jouissent du
trouble qu'elles produisent.

Y avait-il donc à surprendre quelque chose chez les
Orgel ? Mahaut le donna à penser.

— Je sors, dit-elle.

Anne fut stupéfait de cette décision intempestive.

— Mais vous savez bien que l'auto n'est pas là !

— J'ai envie de marcher. D'ailleurs j'avais complètement oublié tante Anna. Elle m'en voudrait.

Anne d'Orgel fit le visage stupide des comédiens qui
expriment l'étonnement. Cet étonnement était sincère,
mais il l'exagérait. Il ouvrit de gros yeux, comme on
lève les bras au ciel. Sa contenance signifiait si clairement : « Ma femme est folle, je ne sais ce qu'elle a, ni
pourquoi elle ment », que François de Séryeuse en fut
mal à l'aise.

Anne d'Orgel cherchait encore à la retenir lorsque
Mahaut, tout d'un coup, regarda la porte, comme un
chien flairant un danger, alors que son maître dans son
attitude ne voit que caprice. Elle tendait la main à
François.

Au coin de la rue, Paul se retourna vers Mme d'Orgel
qui venait de le croiser sans le voir.

N'était-il pas en l'occurrence l'envoyé de ce tribunal
auquel chacun doit rendre compte de ses actes ?

Il pénétra dans le salon avec une figure de circonstance. Mais Anne, ni François, pas plus que lui, n'auraient pu dire laquelle.

Il avait gardé son pardessus comme un commissaire de police. L'absence de Mme d'Orgel le tracassait. Il se disait que sa présence lui aurait sans doute expliqué ce qu'il voulait savoir, et qu'elle était peut-être partie pour qu'il ne le sût point.

— Je ne fais qu'entrer et sortir, dit-il.

— Mais cela ne valait pas que vous vous dérangiez, dit Anne un peu narquois, après un mensonge quelconque débité par Paul.

— Où comptez-vous dîner ? ajouta-t-il en s'adressant aux deux amis.

Ils lui nommèrent un cabaret où ils dînaient souvent.

— Nous restons chez nous, dit Anne, mais peut-être pourrions-nous vous rejoindre après dîner.

Le comte cédait encore à ce dangereux système des toquades, qui pousse à se voir trop et hors de propos.

Paul et François partirent ensemble, mais se quittèrent vite, ayant chacun une occupation.

Le soir, François arriva le premier au rendez-vous.
Le chasseur lui fit part d'un coup de téléphone : le
comte d'Orgel regrettait de ne pouvoir venir après
dîner, et demandait à M. de Séryeuse de lui téléphoner
le lendemain matin. En effet, une fois Mme d'Orgel
revenue de sa promenade sans but, et devant son
bonheur à la perspective d'une soirée en tête à tête
avec Anne, celui-ci n'avait pas même osé avouer son
projet et profita d'un moment où elle était absente du
salon pour téléphoner la décommande.

Toute la soirée, Anne d'Orgel fut dans le vague.
Mahaut était distraite. Pour être heureuse de ce tête-à-
tête, il fallait qu'elle pensât à l'être. Ils se parlèrent
peu. Cependant Mme d'Orgel ne s'effraya pas de l'état
particulier où elle se trouvait, car elle estimait naturel
d'être à l'unisson avec Anne. Or la distraction d'Anne
venait de ce que seul avec sa femme, il glissait vers la
mélancolie. Ce n'était pas la faute de son cœur, mais
Anne d'Orgel n'était à l'aise que dans une atmosphère

factice, dans des pièces violemment éclairées, pleines
de monde.

Paul et François ne se turent pas une minute.
Chacun abandonnait une partie de sa personnalité,
s'efforçait de ressembler à l'autre. C'était à qui cache-
rait son cœur. Ils prenaient le masque des personnages
des mauvais romans du XVIIIe siècle dont *Les Liaisons
dangereuses* sont le chef-d'œuvre. Chacun de ces complices dupait l'autre en se noircissant de crimes qu'il
n'avait pas commis.

Paul n'osait interroger au sujet des Orgel. Il attendait qu'on lui parlât d'eux. Pour provoquer des
confidences il commença par en faire et raconta son
retour entre la princesse d'Austerlitz et l'Américaine :

— Elle n'a jamais voulu nous dire ce que tu avais
fait ou raconté au juste, mais elle ne t'emporte pas en
paradis. Selon elle les Français sont tous les mêmes, ils
ne pensent qu'à une chose. Bref, Hortense et moi, nous
l'avons calmée de notre mieux.

François sourit. Il se retint de dire qu'il eût compris
davantage qu'Hester Wayne se fût plainte du
contraire. Mais il ne tira pas vanité de son impolitesse,
d'autant plus qu'il soupçonnait Paul de s'être employé
seul à calmer l'Américaine.

Égayé par cet épisode, Séryeuse se décida enfin à ne
plus torturer le curieux, et lui raconta comment il avait
fait la connaissance d'Orgel, chez des clowns. Paul
respira. C'était peu de chose. Les bonnes grâces
d'Hester Wayne le vengeaient largement. Il trouvait

malgré tout son ami très fort d'avoir « décroché » une
invitation pour le jour même.

Paul accompagna jusqu'à la Bastille François qui
prenait le dernier train pour Champigny. On appelle
ce train le *train des théâtres.* Il ne s'emplit qu'à la
dernière minute, et de singuliers voyageurs. Ce sont
des acteurs et des actrices, pour la plupart demeurant
à La Varenne, et plus ou moins mal dégrimés selon la
distance qui sépare leur théâtre de la gare. Il ne
faudrait pas juger par ce train de la prospérité des
théâtres à Paris, car on y rencontre plus de comédiens
que de spectateurs.

François de Séryeuse était en avance. Il monta dans
un compartiment occupé par une famille de braves
gens, qui venaient du spectacle. Elle sentait la naphta-
line. Le petit garçon, très fier qu'on lui eût confié la
garde des billets, pour imiter un geste paternel, les
laissait dépasser au revers de sa manche. Le chef de la
famille tenait d'une main et caressait de l'autre comme
un animal, un chapeau claque d'une forme ancienne.
Il faisait avec ce chapeau mille pitreries pour tenir les
enfants éveillés. Il accompagnait ces farces d'un boni-
ment débité avec l'accent des clowns, qui les faisait rire
aux larmes. Ensuite, le frappant de sa main droite il
présentait une galette noire.

— Tu n'as pas perdu les billets, Toto ? s'inquiétait-
il de temps en temps. Ce ne serait pas la peine d'avoir
pris des premières !

La dame et sa grande fille, honteuses du brave
homme à cause de la présence de François, se plon-

geaient dans le programme du spectacle dont elles
venaient et, lorsque les enfants trépignaient de joie,
secouaient leur tête enveloppée d'une mantille. Elles
souriaient, du sourire qui désavoue. François était
gêné par la complicité féminine de la mère et de la fille.
Alors que l'homme était heureux, que ce jour était
pour lui un jour de fête, l'exceptionnel de ce même jour
faisait souffrir les deux femmes. Elles pensaient qu'elles pourraient vivre ainsi chaque jour. Au moins leur
plaisir eût-il été de faire croire, à un inconnu comme
François, qu'elles étaient habituées à ces robes, au
théâtre, aux premières classes. Mais l'attitude de leur
bête d'homme était un aveu.

François ne détestait rien tant que cette honte
qu'éprouvent certaines femmes des classes médiocres
pour l'homme à qui elles doivent tout.

La mère et la fille, furieuses, ne se contentaient plus
maintenant de sourire, elles tenaient tête. Alors que
l'homme s'extasiait en bloc sur l'intérêt de la pièce,
l'excellence des acteurs, du dîner au restaurant, le
moelleux des coussins du wagon, elles opposaient de
l'humeur à son enthousiasme : « Le wagon était sale,
un acteur ne savait pas son rôle... » Des connaisseuses
doivent se plaindre, pensaient-elles. Et c'est, hélas ! ce
que de bas en haut pense tout le monde.

Le manège de ces femmes venait de ce qu'elles
sentaient que François était d'une classe supérieure.
Elles ne pouvaient deviner qu'il préférât à leur sottise
la simplicité de leur trouble-fête. Le trouble-fête ne
comprenait rien à cette scène. Il se consolait avec les
enfants que n'avait point encore déformés le sentiment

de l'inégalité. Aussi étaient-ils heureux comme des rois. Alors que le père, en caressant ce chapeau haut de forme qui l'amusait plus qu'il ne le flattait, était heureux de penser que son travail lui permettrait bientôt une autre sortie, leur robe gênait mère et fille, qui, l'une, pensait au tablier qu'elle mettrait le lendemain, l'autre à sa blouse de vendeuse.

La famille descendit à Nogent-sur-Marne. Cette scène avait blessé François : dans les dispositions de cœur où il se trouvait ce soir-là, elle fut décisive.

Mme de Séryeuse n'avait jusqu'ici joué dans la vie de son fils, que le rôle qu'y joue forcément une mère. François n'était nullement mauvais fils ; mais leur caractère poussait ces deux êtres, nous l'avons dit, à ne se rien confier qui eût de la valeur. La scène du train, par un zigzag dont les âmes les moins compliquées sont coutumières, mena François à penser à Mme de Séryeuse. Cette honte de la fille et de la mère le poussa à examiner les sentiments qu'il tirait, lui, de sa famille.

François de Séryeuse était fier. Fier de son nom. L'était-il par piété envers ses ancêtres, ou par pur orgueil ? C'est ce qu'il aurait voulu savoir. La noblesse des Séryeuse était de peu d'éclat. Mme de Séryeuse, elle, était une grande dame, qui à cause de la simplicité de sa vie, se croyait une bourgeoise. Le contraire arrive plus souvent. Sans doute, elle avait été élevée dans l'orgueil de son nom, mais dans cette fierté elle ne voyait qu'une dette filiale, qui, pensait-elle, devait être celle de tous, et aussi bien des plus humbles. Mais là, déjà, ne raisonnait-elle pas *noblement* ?

Mariée de fort bonne heure, le métier de marin de
M. de Séryeuse l'avait habituée au veuvage avant la
mort de son mari. Tant par une sauvagerie naturelle,
que par respect pour celui-ci, elle montrait, alors déjà,
peu d'empressement envers les familles nobles qui
l'eussent accueillie comme leur enfant. Puis son chagrin l'enfonça dans cette paresse. Elle s'en tint au
commerce des parents de M. de Séryeuse. Cette
famille, composée surtout de vieilles filles, de femmes
âgées, jugeait de tout assez petitement. En leur unique
compagnie, Mme de Séryeuse finit par prendre les
préjugés de l'ancienne bourgeoisie contre l'aristocra-
tie, sans se douter que c'était les siens qu'elle condamnait. Cela ne l'empêchait pas d'ailleurs d'agir sans
cesse d'une façon qui prouvait sa naissance. Ces
manières surprenaient sa belle-famille. On les mettait
sur le compte d'un caractère singulier, d'un manque
d'expérience.

Ainsi, pour l'éducation de François, la blâmait-on
un peu. On comprenait mal qu'elle laissât dans
l'oisiveté un garçon de vingt ans, qu'elle ne s'inquiétât
pas de lui ouvrir une carrière. D'ailleurs, ce n'était
point, comme les sœurs, les cousines de M. de
Séryeuse le pensaient, *par fierté,* ou parce que sa
fortune, sans être énorme, permettait à son fils de ne
rien faire. Simplement Mme de Séryeuse n'avait pas
contre la paresse le préjugé des petites gens. Elle se
disait qu'il ne faut rien brusquer. Elle se rendait
même, malgré son aversion pour le monde, à la
nécessité pour un jeune homme d'une vie un peu
frivole.

François soupçonnait peut-être mal la noblesse de sa mère. Aussi était-il porté, dans la vie qu'il menait, à s'exagérer son mérite personnel, ne se doutant pas que s'il était accueilli dans des maisons où l'on ne recevait pas tout le monde, c'était à cause d'un air de famille, dont les autres d'ailleurs ne se rendaient pas compte. Dans cette toquade d'un Orgel, par exemple, il y avait bien de ce plaisir de trouver de la nouveauté dans l'habitude.

François de Séryeuse, bouleversé par la scène du train, s'interrogeait. A aucun moment, se demanda-t-il, ne ressemblé-je à ces femmes du train ? Car ce cœur généreux aurait voulu se contraindre à avouer qu'il ne plaçait pas sa mère assez haut. Il se reprocha de ne pas la mêler à sa vie, comme s'il eût eu honte d'elle. C'était par honte, en effet, mais à rebours, uniquement parce qu'il n'avait encore rencontré personne qui lui parût digne de sa mère.

Enfin tout cet interrogatoire, déclenché par la scène du wagon, aboutit à cet aveu qu'il souhaitait faire connaître à sa mère Mme d'Orgel.

Ainsi un jeune homme auquel la pudeur, le respect commandent de cacher ses maîtresses à sa mère s'adressait-il à cette mère, le jour où il songe à une alliance.

Au réveil, la première pensée de François fut pour sa mère. Il ne lui était jamais arrivé de souhaiter la voir si vite.

Mᵐᵉ de Séryeuse était sortie et devait rentrer pour déjeuner. François essaya de se distraire. Il lut, écrivit, fuma, mais tous ces actes, il ne les accomplissait que pour se donner une contenance. Il attendait.

Il ne faisait rien d'autre... Tout à coup il sursauta. Qui donc venait de lui dire qu'il n'avait pas encore pensé à Mᵐᵉ d'Orgel, qu'il faisait semblant d'attendre sa mère ? Deux questions aussi absurdes, aussi dépourvues de sens ne pouvaient selon lui venir que du dehors. « Et pourquoi y penserais-je ? se répondit-il aigrement, et pourquoi cette attente serait-elle une fausse attente ? » Il se promit même de ne téléphoner que le lendemain chez les Orgel.

Il s'émerveilla d'agir si librement, sans penser que l'anormal, c'était qu'il eût à se prouver qu'il était libre.

A force d'attendre, François avait oublié qu'il attendait, et encore plus qui il attendait. Car Mᵐᵉ de

Séryeuse vint elle-même lui dire de descendre, que le
déjeuner était servi.

François jeta sur sa mère un regard nouveau. Il
n'avait jamais remarqué sa jeunesse. Mme de Séryeuse
avait trente-sept ans. Son visage paraissait encore
répondre à moins. Mais de même qu'on ne remarquait
pas sa jeunesse, sa beauté ne frappait pas. Peut-être lui
manquait-il d'être de son époque ?

Elle ressemblait aux femmes du XVIe siècle, qui fut le
siècle par excellence de la beauté française, et dont les
portraits aujourd'hui nous attristent ; nous nous for-
mons un idéal si différent de la beauté des femmes, que
nous ne nous retournerions peut-être pas, dans la
boutique d'un joaillier, sur celle pour qui se consuma
Nemours.

Aujourd'hui nous ne jugeons plus féminin que ce qui
est fragile. Le robuste contour du visage de Mme de
Séryeuse le faisait trouver sans grâce. Cette beauté
laissait froids les hommes. Un seul l'avait appréciée ; il
était mort. Mme de Séryeuse se conservait à lui comme
si elle eût dû le retrouver, pure même de ces regards
de convoitise que la femme la plus honnête n'évite
pas.

Mme de Séryeuse ne s'aperçut point du regard de son
fils. Toutefois elle était gênée. Elle l'était comme les
personnes que l'on n'a pas habituées à certaines
prévenances. Change-t-on, elles se demandent ce que
cela signifie. François devint presque tendre. Cette
tendresse fit croire à la mère que son fils cherchait un
pardon. Qu'a-t-il fait ? se demanda-t-elle aussitôt.

D'habitude, François restait à peine dans le salon, le déjeuner fini. Il s'y attarda. Il ne pouvait, sans en approfondir la raison, se rassasier d'une image nouvelle.

A la fin Mme de Séryeuse, troublée, se leva :

— Tu n'as rien de spécial à me dire ?

— Mais non, maman, dit François, surpris.

— Bien, parce que j'ai à faire.

Et elle disparut.

François erra dans la maison comme une âme en peine. Il s'était promis de passer la journée à Champigny, auprès de sa mère. Elle se dérobait. Après avoir flâné dans la maison, puis dans le jardin, il remonta dans sa chambre, choisit un livre qu'il n'ouvrit pas, et s'étendit.

Il se retournait, comme un malade qui ne peut trouver le calme. De quelle potion avait-il besoin ? Dans sa fièvre, il lui semblait que seule une main fraîche l'apaiserait. Il ne croyait pas en vouloir une entre toutes.

Il pensait aimer dans le vague, alors qu'il ne ressentait du vague qu'à cause d'un choc bien net. Mais il avait peur de donner son vrai nom à ce choc. Il ne s'était pourtant guère exercé à tant de délicatesse, à une telle pudeur envers soi-même. Il ne faisait pas, d'habitude, tant de façons pour s'avouer qu'il désirait. Lui qui n'avait jamais refréné ses sens, et à plus forte raison ses pensées, il s'en interdisait, aujourd'hui, certaines. Il semblait enfin comprendre que plus que nos manières, dont le public est juge, importe la politesse du cœur et de l'âme, dont chacun de nous a

seul le contrôle. Pourquoi ne serait-on pas envers soi
de bonne compagnie ? Il avait honte d'avoir jusqu'ici
montré moins d'estime à soi-même, de politesse,
qu'aux autres, et de s'être avoué certains sentiments
dont il n'eût fait confidence à personne. Mais dans sa
nouvelle manie de pureté, il allait trop loin... jusqu'à
l'hypocrisie.

François, aimant déjà Mme d'Orgel, craignait de lui
déplaire. Et c'était pour ne pas lui déplaire qu'il ne
pensait pas à Mahaut ; car il ne trouvait encore aucune
de ses pensées digne d'elle.

L'amour venait de s'installer en lui à une profondeur où lui-même ne pouvait descendre. François de
Séryeuse, comme beaucoup d'êtres très jeunes, était
ainsi machiné qu'il ne percevait que ses sensations les
plus vives, c'est-à-dire les plus grossières. Un désir
mauvais l'eût bien autrement remué que la naissance
de cet amour.

C'est lorsqu'un mal entre en nous, que nous nous
croyons en danger. Dès qu'il sera installé, nous
pourrons faire bon ménage avec lui, voire même ne
pas soupçonner sa présence. François ne pouvait se
mentir plus longtemps, ni boucher ses oreilles à la rumeur qui montait. Il ne savait même pas s'il aimait
Mme d'Orgel, et de quoi au juste il pouvait l'accuser ;
mais certes la responsable c'était elle, et personne d'autre.

Il souhaitait ne plus rester en place, ne plus être
seul. Il était envahi de tendresse. Il se souvint de la
gêne instinctive de Mme de Séryeuse, mais il voulait
une présence. Il se rappela une amie qu'il n'avait pas

vue depuis longtemps et que peut-être cet abandon affectait. Il pensa la voir. Pourtant il résista. Ce fut par superstition qu'il ne se rendit point chez cette amie. Il lui sembla que ce serait trahir la comtesse d'Orgel, et que cela lui porterait malheur.

Il goûta chez les Orgel le lendemain. Il sentit alors
que son amitié pour Anne était intacte. Cette amitié
était plutôt la turbulence d'un cœur naïf. Il s'était dit
tout le long du chemin : « J'aime Mahaut » et s'attendait à éprouver en face d'elle quelque chose d'extraordinaire. Mais il se sentait calme. « Me serais-je
trompé, pensa-t-il, n'aurais-je que de l'amitié pour
Anne, rien pour sa femme ? »

On peut dire que les idées de François sur l'amour
étaient toutes faites. Mais parce que c'est lui qui les
avait faites, il les croyait sur mesure. Il ne savait pas
qu'il ne se les était coupées que sur des sentiments sans
vigueur.

Ainsi François, jugeant de son amour d'après les
précédents, jugeait mal. Pourquoi d'abord cette attraction vers Anne ? Ne doit-on pas être jaloux ? Il savait
que Mme d'Orgel aimait Anne, et, loin de le considérer
comme un rival heureux, trouvait en lui un ami ; il ne
le voyait pas d'un mauvais œil à côté de Mme d'Orgel.

François essayait bien de combattre ces extravagances, mais dès qu'il croyait les avoir dissipées, elles se reformaient.

Pour Anne d'Orgel rien que de fort explicable dans sa toquade. François lui devint vite un ami comme un autre. Il ne considéra pas ce qu'avait d'anormal que Séryeuse prît si vite rang parmi ses anciens amis.

Il n'analysait pas le motif de cette préférence. La raison en était d'ailleurs incroyable. Il eût haussé les épaules, comme quiconque, si on la lui avait révélée. Orgel préférait François à tous parce que François aimait sa femme.

Nous sommes attirés par qui nous flatte, de quelque façon que ce soit. Or François admirait le comte. Son admiration allait avant tout à l'homme capable d'être aimé d'une Mahaut. En retour, Orgel éprouvait sans le savoir, pour François, un peu de cette reconnaissance que l'on éprouve envers qui nous porte envie.

Non seulement l'amour de François était la raison mystérieuse de la préférence du comte d'Orgel, mais encore cet amour décida son amour pour sa femme. Il commençait de l'aimer, comme s'il avait fallu une convoitise pour lui en apprendre le prix.

Mme d'Orgel voyait, elle, d'un assez bon œil cet ami d'Anne. Pouvait-elle s'inquiéter de la préférence qu'elle accordait à François ? N'était-il point de son devoir conjugal de partager les préférences de son époux ?

Comment se méfier de ce qui vous rapproche ?

Temps ?

Très vite, l'hôtel d'Orgel ne put se passer de
François de Séryeuse. En donnant beaucoup de son
temps à ses nouveaux amis, celui-ci ne sacrifiait rien.
François ne négligeait pour eux que des personnes
qu'il fréquentait par désœuvrement.

Les Orgel ne donnaient plus de dîner que François
n'y vînt.

La première fois que Séryeuse dîna chez les Orgel, il
eut pour voisine la sœur d'Anne, Mlle d'Orgel, dont il
ne soupçonnait pas l'existence. En face de son empressement, celle-ci pensait avec amertume : On voit bien
qu'il est nouveau venu dans la maison.

François croyait connaître tous les Orgel. Il ne fut
pas peu surpris de l'existence de cette sœur. Il vit une
simple coïncidence dans le fait que Mlle d'Orgel n'avait
paru à aucun déjeuner. Or le hasard n'y était pour
rien.

Le comte d'Orgel la cachait pour des motifs complexes, dont le plus simple était qu'il la savait d'un
mérite mince.

Elle n'avait d'autre qualité à ses yeux que d'être sa sœur.

Mlle d'Orgel était l'aînée. A la voir, François comprit ce qui pouvait faire trouver Anne ridicule. Elle était comme la maquette disgracieuse d'un ouvrage parfait. Son mécanisme plus grossier expliquait les horlogeries subtiles de son frère.

D'ailleurs, si elle ne tenait aucune place dans l'hôtel d'Orgel, il n'en était pas de même partout. Les personnes à qui les caricatures parlent mieux qu'un dessin, lui trouvaient meilleur air qu'au comte. Elle émiettait ses après-midi en visites à des personnes fort vieilles ou fort ennuyeuses, que les Orgel négligeaient. Ces gens qui trouvaient subversives les fêtes de la rue de l'Université, parce qu'on ne s'y ennuyait pas, y accouraient du reste sur un signe.

Lorsque dans un salon en entendait prononcer le nom de Mlle d'Orgel, on pouvait être sûr que c'était pour en dire du bien. Elle était de ces personnes effacées dont les amis sont seuls à parler. Et encore pouvait-on suspecter cette bonne grâce qui n'était souvent qu'un déguisement de rancunes envers son frère et sa belle-sœur.

« Et puis c'est une sainte », ajoutaient, à la fin, ceux qui faisaient son éloge. Cela signifiait que la nature l'avait peu comblée.

les indications temporelles deviennent vagues.

Le comte d'Orgel naissait à un sentiment nouveau.

Il avait toujours évité l'amour comme une chose trop exclusive. Pour aimer il faut du loisir, et les frivolités l'accaparaient.

Mais la passion s'insinua en lui si habilement qu'il y put à peine prendre garde. Cette nouveauté datait du jour où Mahaut, assise sur la banquette du garde-feu, parlait avec François de Séryeuse. Ce jour-là son mari l'avait convoitée comme si elle n'eût pas été sa femme.

François, lui, eût certes souhaité moins de fêtes, et plus d'intimité. Mais il mettait une émulation d'enfant sage à jouir de ce qu'on lui offrait. Il allait jusqu'à s'appliquer à être un convive agréable. Lui qui eût voulu pouvoir rester sans mot dire, bouche bée devant Mahaut, il se torturait l'esprit pour parler à ses voisines.

Les personnes dont François redoutait le plus le voisinage à table étaient les garçons de son âge, fades jeunes gens du monde, dont il se croyait méprisé, alors qu'ils l'enviaient à cause de l'affection d'Anne, affec-

tion à laquelle ils n'osaient prétendre. Car pour eux
qui le connaissaient depuis toujours, Anne d'Orgel
restait l'aîné. Il les traitait d'ailleurs un peu en
collégiens, et François, parce qu'Orgel ne l'avait pas
connu enfant, ne lui représentait pas le même âge
qu'eux. Si François avait deviné l'envie qu'il leur
inspirait, il les eût sans doute trouvés plus aimables.

Dans ces soirées, François n'aspirait qu'à se faire
oublier de tous, comme il oubliait tout le monde, à
l'exception de Mahaut. Mais Anne d'Orgel ne l'entendait pas ainsi. Son amitié le poussait à mettre François
en vedette. François en souffrait, non qu'il fût modeste
ou timide, mais il s'imaginait que chacun allait lire
derrière son visage.

Car ce qu'il y cachait, il souhaitait que personne,
pas même Mahaut, ne le découvrît. Il lui semblait que
cette découverte ne pourrait que détruire son bonheur.
François était heureux, comme on ne peut l'être qu'à
cet âge, sans rien posséder.

François, qui ne parlait jamais de ses amis à Mme de Séryeuse, faisait exception pour les Orgel. Sa mère était touchée qu'il semblât la tenir moins à l'écart de sa vie.

François ne se cachait plus à sa mère, parce qu'il n'avait à rougir de rien. Sans doute cette pureté provenait-elle surtout des circonstances, mais il y trouvait profit. François avait jusqu'alors soupçonné la pureté d'être fade. Il jugeait maintenant que seul un palais sans délicatesse en pouvait méconnaître le goût. Mais ce goût, François ne le trouvait-il pas dans le moins pur de son cœur?

François parlait à sa mère d'une façon si convaincue du comte et de la comtesse d'Orgel, que, sans être connus d'elle, ils étaient les seuls amis de son fils dont Mme de Séryeuse ne se méfiât point. Pourtant, François négligeait ce qui l'avait tant préoccupé : réunir sa mère et les Orgel. Le bonheur qu'il ressentait était si neuf qu'il n'osait aucun geste de peur d'en détruire l'équilibre.

Un jour qu'il lui racontait un dîner de la veille, Mme de Séryeuse lui dit :

— Que doivent penser de toi ces amis ? Tu dois passer pour n'avoir ni feu ni lieu. Pourquoi ne les inviterais-tu pas ?

Il regarda sa mère avec surprise. Était-ce bien elle qui parlait ? Lui qui n'avait jamais osé provoquer cette invitation, maintenant que c'était elle qui la lui proposait, il cherchait des obstacles.

— On dirait que cela te dérange, dit Mme de Séryeuse.

— Comment peux-tu le penser ? s'écria François, en l'embrassant.

Mme de Séryeuse, confuse, repoussa doucement son fils.

Mme d'Orgel montra un vrai plaisir quand elle sut que Mme de Séryeuse désirait les connaître. Il lui plaisait de donner du sérieux à cette amitié.

Anne, lui, poussa ses cris habituels. Sur ces entrefaites, sa sœur parut. François estima convenable de l'inviter. Mais avant que la malheureuse eût pu répondre, Anne s'interposa : « Samedi, vous déjeunez chez tante Anna », dit-il.

François avait déjà entendu le nom de cette tante le jour où Mme d'Orgel le laissa en tête à tête avec le comte après le coup de téléphone de Paul Robin. Anne d'Orgel avait eu alors ce regard stupide qui signifiait qu'elle mentait. François se demanda même si cette tante n'était point un mythe. Elle existait cependant. Mais les Orgel la négligeaient, et il leur semblait qu'ils l'en dédommageassent en se servant d'elle comme alibi.

Quand le comte et la comtesse d'Orgel entrèrent dans le salon de Champigny, François fut aussi stupéfait que s'il ne les eût pas attendus. La présence de ses amis dans cette pièce qu'il connaissait depuis si longtemps le surprenait comme une apparition. Sa stupeur démonta un peu Anne d'Orgel. Mais ce qui l'intimida le plus, ce fut de se trouver en présence de cette jeune femme. Anne d'Orgel adorait conquérir de vieilles gens. En route pour Champigny il préparait sa conquête. Tant de jeunesse le dérouta.

François ressentit du trouble devant l'empressement fort naturel d'Anne. C'était la première fois qu'il voyait un homme auprès de sa mère.

Ce jour-là, Mme de Séryeuse était étonnante.

En l'admirant, François oubliait peu à peu qu'elle était sa mère. Elle se prêtait à cet oubli, car elle parlait sur un ton vif que François ne lui avait jamais connu.

Chose incroyable, à ce contact, Mme d'Orgel se sentait rajeunir. Elle, toujours si déférente, devait se

contraindre pour ne point voir en Mme de Séryeuse une
compagne d'enfance que l'on retrouve.

Après le déjeuner, Mme de Séryeuse et Mme d'Orgel
causaient ensemble ; et comme François contemplait
ce tableau, le comte d'Orgel, pour se distraire de son
silence, regarda ceux qui étaient accrochés aux murs.
Mais son œil s'égarait dans le vague. Mme de Séryeuse,
qui ne prenait pas ce manège pour de l'impatience,
crut que quelque chose intriguait son hôte dont l'œil
semblait posé sur une miniature, qu'en réalité il ne
voyait pas.

— Vous regardez ce portrait ?

Anne se leva pour le voir.

— Il ne ressemble guère aux images habituelles de
l'Impératrice Joséphine. Pourtant c'est elle, à quinze
ans. Il fut exécuté par un Français de la Martinique et
envoyé à Beauharnais pour lui faire connaître sa
fiancée.

Au mot de Martinique, Mme d'Orgel avait levé la
tête comme un chien qui entend son nom. Elle se
dirigea vers la miniature.

— Elle était, dit Mme de Séryeuse, la tante à la
mode de Bretagne de mon arrière-grand-mère, qui
jeune fille était une Sanois comme la mère de Joséphine.

— Mais alors, s'écria Anne en se tournant vers
François et Mahaut : « Vous êtes cousins ! »

Il s'amusait comme un fou de sa découverte.

Un silence de stupeur suivit cette affirmation.
François ne savait pas grand-chose de la famille de

Mahaut. Comme Mahaut ne répondait pas, Anne insista :

— Enfin je ne me trompe pas, vous êtes alliés à la fois aux Tascher et aux Desverge de Sanois ?

— Oui, dit Mme d'Orgel, comme si c'était un aveu pénible.

Pourquoi ce trouble ? La pensée qu'elle était liée à François par des liens, même ténus, la gênait. Elle remit à plus tard l'explication de son malaise. Elle ne pensa qu'à ce que son attitude avait de peu cordial envers Mme de Séryeuse et François.

François était lui-même si troublé qu'il ne remarqua pas l'accueil fait par Mme d'Orgel à ce cousinage.

Anne d'Orgel n'était pas encore revenu de ce coup de théâtre :

— Voici qui aurait fait plaisir à mon père, dit-il à François. Il me reprochait mes amis, il répétait : « De mon temps, on n'avait pas d'amis, on n'avait que des parents. » Ce n'est qu'aujourd'hui qu'il vous eût agréé, ajouta-t-il en riant.

Anne se croyait affranchi de l'esprit de famille, et pensait citer ce mot de M. d'Orgel sous forme de plaisanterie. Mais la joie qu'il avait de sa découverte prouvait assez qu'il était bien le fils du feu comte d'Orgel.

— Comme vous allez vite, dit Mme de Séryeuse. Êtes-vous sûr que ce n'est pas un peu usurper un titre, que de nous proclamer cousins de Mme d'Orgel parce que nos ancêtres le furent ?

Le bon sens de Mme de Séryeuse plut à Mahaut. Elle

avait raison. De la part d'Anne, quel excès ! Mais
ensuite, dans son enthousiasme et son étourderie
habituels, il prononça une phrase qui vint à la
rescousse :

— D'ailleurs vous êtes parente avec toute la Martinique !

Mme de Séryeuse n'avait aucune habitude d'Anne,
de ses images, de ses folies. Si « toute la Martinique »
signifiait aux yeux d'Anne les trois ou quatre familles
avec lesquelles les Grimoard avaient pu contracter des
alliances, ces mots, pour Mme de Séryeuse, embras-
saient toute l'île. Elle trouva le comte bien cavalier, et
crut qu'il voyait peut-être en elle une descendante des
nègres. Pour la première fois elle eut l'orgueil de sa
race. Elle dit à Mahaut :

— M. d'Orgel a raison : l'alliance de votre famille
avec les Sanois n'a rien d'imprévu. C'était un des deux
ou trois partis possibles...

Mahaut, sa cousine !

François se demandait s'il devait s'en réjouir ou s'en
attrister. Il pensait à ses cousines germaines, si fades,
avec lesquelles il avait passé son enfance, et qui
l'avaient tant ennuyé. Il se disait avec mélancolie que
Mahaut aurait pu tenir leur place, qu'il aurait pu être
élevé avec elle.

Car il ne doutait pas une minute de la force de ces
liens ; ce qui pouvait paraître comique chez Séryeuse,
mais combien plus fou chez le comte d'Orgel. Comment celui-ci, qui cousinait avec tout le Faubourg, et
n'y attachait d'importance qu'en bloc, donnait-il tout

à coup une si haute signification à ce faible lien ? C'est
que, pour lui, François avait toujours un peu échappé
à l'ordre. Il n'était pas complètement dans la ronde.
Cette amusette, aux yeux du comte, l'y faisait entrer.

Quatre coups sonnèrent à la pendule. Anne d'Orgel
demanda si François allait à Paris. François, qui n'y
avait rien à faire, à la perspective d'un voyage en auto
auprès de Mme d'Orgel, inventa un rendez-vous.

« Je crois que mon fils voudrait vous montrer les
bords de la Marne, dit Mme de Séryeuse. Aussi, faudra-
t-il revenir bientôt. »

Les Orgel lui firent promettre de venir d'abord
déjeuner chez eux.

François regarda sa mère avec reconnaissance.

— Rentreras-tu dîner ? demanda-t-elle.

François qui n'allait à Paris que pour accompagner
les Orgel, mais n'y voulait voir personne, afin qu'aucun visage ne s'interposât entre son bonheur et lui,
répondit qu'il reviendrait.

Mais Anne pria Mme de Séryeuse de lui laisser son
fils. François le souhaitait, mais n'osait y croire, car les
Orgel invitaient rarement à la dernière minute. La
reconnaissance de François le fit se féliciter de ressentir
un amour qui ne pouvait recevoir aucune réponse, car
il mesura le dégoût de tromper un ami comme Anne
d'Orgel. Peut-être aurait-il eu moins de beaux scrupules s'il lui eût été donné de suivre, dans la voiture, les
pensées qui vinrent à Mme d'Orgel sans qu'elle-même
les pût mettre en ordre. Il en est des êtres comme des
mers ; chez les uns l'inquiétude est l'état normal ;

d'autres sont une Méditerranée, qui ne s'agite que
pour un temps et retombe en la bonace.

Ce n'était pas sans malaise que Mahaut trouvait
tant de charme à l'immixtion d'un tiers dans leur
ménage ; ce malaise datait presque du premier contact.
La visite chez Mme de Séryeuse avait rassuré Mahaut.
Un trompe-l'œil prolongea ce malentendu ; elle se
reposait maintenant sur ce cousinage sous le couvert
duquel ses ancêtres avaient perpétré des mariages sans
amour, sans inquiétude. François ne lui faisait plus
peur. En un mot, sans qu'elle le soupçonnât,
Mme d'Orgel éprouvait pour ce lointain cousin le
sentiment de ses aïeules pour leur mari. Mais, en cette
minute, elle aima son mari comme un amant.

Nous l'avons dit, Mahaut était de ces femmes qui ne
sauraient faire de l'agitation leur pain quotidien. Peut-
être même la principale raison de la vertu de ses
aïeules résidait-elle dans leur crainte de l'amour qui
ôte le calme.

Lorsque, descendant pour le dîner, Mlle d'Orgel parut dans le salon, Anne cria d'un bout de la pièce à l'autre :

— Une grande nouvelle ! Devinez quoi... Mahaut et Séryeuse sont cousins.

Mlle d'Orgel regarda son frère, puis, tirant son face-à-main, les deux jeunes gens sur la sellette.

« Que mon frère est singulier... », se dit-elle, sans ajouter un sens bien défini à cette remarque.

Anne d'Orgel ne parla de rien d'autre à table. Il ne fit grâce d'aucun détail et en profita même pour dresser la généalogie complète des Grimoard de la Verberie. Mme d'Orgel portait sur son front la rougeur du prix d'excellence à la lecture du palmarès. François admirait les connaissances prodigieuses d'Anne d'Orgel, que Champigny avait mis en verve, et qui, ce soir-là, se dépassa à propos des Grimoard.

Cependant la nouvelle se répandit vite jusqu'à l'office.

— A la longue, M. le Comte a dû trouver cela plus commode, dit sentencieusement un valet de pied.

L'office n'est pas loin du salon. Ce domestique précédait la médisance ; il formula ce qu'on allait chuchoter, et même dire tout haut.

Au moment de partir, François porta la main de Mme d'Orgel à ses lèvres. Anne les empoigna tous deux : « Voulez-vous bien dire au revoir autrement à votre cousine, et me faire le plaisir de l'embrasser. »

Mme d'Orgel se recula. Ni elle ni Séryeuse n'avaient plus envie de s'embrasser que d'entrer vifs dans le feu, mais chacun pensa qu'il fallait n'en rien révéler à l'autre. C'est pourquoi ils s'exécutèrent en riant. François posa un gros baiser sur les joues de Mahaut, dont la figure prit une expression méchante. Elle en voulait à son mari de cette contrainte et à Séryeuse du rire qu'il avait eu. Car si elle savait ce que signifiait son propre rire, elle ne soupçonnait pas le sens de celui de François.

Le lendemain de ce jour Séryeuse souhaita voir Paul Robin. Il alla le chercher aux Affaires Étrangères. Il lui raconta l'épisode de Champigny.

Paul crut reconnaître un mensonge fabriqué par Anne d'Orgel. La fable lui paraissait maladroite, comme ce qui est vrai. Le monde chuchotant, Paul hésitait encore. Il n'hésita plus. Son opinion fut faite.

Et il pensa comme le valet de pied.

— Est-ce extraordinaire ! s'écriait François.

— Mais non, mais non, dit Paul. — Il semblait répondre à un dramaturge qui lui eût soumis un scénario. — Non, non, c'est très curieux, très bien amené. Le portrait de Joséphine, la Martinique, l'ensemble me plaît beaucoup.

François de Séryeuse regarda Paul avec stupeur. Il ne se douta point, cependant, que le diplomate croyait applaudir une fable. « Quel singulier tour d'esprit que le sien ! pensa-t-il. Robin juge la vie comme un roman. »

Il ne croyait pas tomber si juste.

François était allé voir un ami pour lui confier un peu de sa joie. Il eut une impression de grande solitude. En effet, il était seul, seul avec son amour, que tout le monde croyait couronné.

Anne voulait donner un dîner en l'honneur de Mme de Séryeuse. François objecta qu'elle n'aimait pas sortir le soir. On décida un déjeuner.

Après ce repas, François et sa mère quittèrent ensemble les Orgel. Mme de Séryeuse était un peu étourdie par tant de monde. Après qu'ils eurent fait quelques pas en silence :

— Quelle personne charmante, dit-elle, que Mme d'Orgel. Je n'en souhaiterais pas d'autre pour bru.

« Et moi, pas d'autre pour femme », pensa-t-il tristement. Mais il ne répondit rien. Il voyait dans les paroles de sa mère la certitude de son destin, la preuve que son cœur ne se trompait pas.

Le baiser sur la joue était à François un mauvais souvenir.

De son côté, Mme d'Orgel y pensait encore. Mais par un stratagème du cœur, elle croyait simplement en vouloir à son mari de ce baiser absurde.

Un soir qu'ils se rendaient au théâtre, et que François, à son habitude, était assis dans l'auto entre ses amis, mal installé et cherchant à se faire un peu de place, il glissa son bras sous celui de Mme d'Orgel. Il s'épouvanta de ce geste qui était plus un geste de son bras que de lui-même. Il n'osa le retirer. Mme d'Orgel comprit que c'était un geste machinal. Ne voulant pas le souligner, elle n'osa non plus retirer son bras. François de Séryeuse devina la délicatesse de Mahaut et qu'il n'y fallait voir aucun encouragement. Ils restèrent immobiles, dans un malaise affreux.

François, pensant un jour à cette scène, fit un calcul indigne de son amour. Bien qu'il n'eût pas mal entendu le silence de Mahaut, il pensa en profiter, et à tirer bénéfice d'une situation qui leur avait été si pénible. Le souvenir du baiser le poussait à prendre une revanche. Mais le soir où son bras se glissa de nouveau, Mme d'Orgel sentit bien qu'il se glissait exprès. Elle ne pensa pas une seconde se trouver en face de l'amour, ou simplement du désir. Ce geste lui apparut comme une insulte à l'amitié. « Je me suis méprise. Il ne mérite pas notre confiance. » Toutefois elle n'osa retirer son bras, de peur d'attirer le regard d'Anne. Pour une faute de goût de François, devait-elle risquer une brouille ? Elle espérait encore qu'il remuerait ; au contraire, il insistait, enhardi par ce silence.

François vit son profil. Alors il eut les larmes aux yeux. Il aurait voulu se jeter aux genoux des Orgel, leur demander pardon. C'était la honte qui l'empêchait maintenant de retirer son bras.

Un phare illumina l'intérieur de la voiture. Le comte d'Orgel vit le bras de son ami passé sous celui de sa femme. Il ne dit rien. François de Séryeuse quitta les Orgel, quai d'Anjou.

Jusqu'à la rue de l'Université, le comte et la comtesse restèrent silencieux. Anne était bouleversé par sa découverte. Il ne savait que croire. Enfin, Mme d'Orgel pensa que si elle ne racontait rien, elle n'oserait plus jamais regarder Anne. Elle avoua donc sa gêne, que Séryeuse avait dans la voiture passé son bras sous le sien, et qu'elle l'avait laissé, par crainte de complications. Elle demandait à Anne ce qu'elle devait faire pour que François comprît le déplaisir qu'elle avait eu de ce geste.

Anne d'Orgel respira. Ainsi Mahaut ne lui cachait rien, elle était innocente. Elle lui faisait l'aveu de ce qu'il avait vu, sans savoir qu'il l'avait vu.

Il jouissait de son soulagement, en silence. Ce silence inquiéta Mme d'Orgel. Son mari allait-il signifier à François de ne plus remettre les pieds chez eux ? N'avait-elle pas eu tort de parler ? Elle était prête à défendre le coupable, à lui trouver des excuses. Elle leva timidement les yeux vers Anne. Elle s'attendait à un visage de colère. **Que** signifiait cette joie ?

— Et... c'est la première fois ? demanda-t-il.

— Comment pouvez-vous en douter, et pourquoi aurais-je retardé de vous le dire ? Je ne m'attendais pas à de pareils soupçons, répondit-elle, offensée, non tant des doutes de son mari, que de la joie peinte sur son visage.

Ainsi, venait-elle de mentir sans même se rendre compte. Un simple enchaînement de paroles lui fit escamoter le premier geste de François, la moitié de la vérité. Elle eut envie de se reprendre, de dire : « Non, je me trompe. Une fois déjà, François a passé son bras sous le mien et je suppose qu'il le passait par maladresse. »

Mais elle se tut. Après ce nouvel aveu son mari n'eût-il pas été en droit de douter d'elle ?

Mahaut attendait toujours un conseil. Mais la détente qu'Anne ressentait de la franchise de sa femme lui cacha le reste. Il ne pensait même plus à l'audace de François.

— C'est un enfantillage, dit-il. Voyez comme j'y attache peu d'importance. Faites comme moi... Si François recommençait, alors nous aviserions.

Cette légèreté déplut à Mme d'Orgel. Puisque son mari lui refusait son concours elle décida, s'il y avait lieu, d'organiser seule sa défense.

Anne d'Orgel put se figurer qu'il avait sagement agi, car Mahaut n'eut pas de nouveau sujet de plainte.

En effet, Séryeuse se promit de ne jamais renouveler son geste. Il ne doutait pas que Mahaut eût tout raconté. Il fut reconnaissant qu'on ne lui en touchât pas mot, qu'on parût l'ignorer. Cette générosité l'accabla davantage. Il se représenta mieux son imprudence.

Se rendant compte qu'il avait démérité de Mahaut, il s'appliqua. Il n'en parut que plus aimable. Aucune manœuvre ne l'eût mieux servi.

Il faisait beau. Ils allaient souvent dîner hors Paris. François poussait Anne à ces escapades. Et celui-ci supportait la campagne, car il s'apercevait qu'au moindre semblant de verdure sa femme s'épanouissait.

Dans ces rapports entre trois personnages on sentira que tout se déroule sur un mode élevé dont on a peu l'habitude. Le danger banal n'en était que plus grand, car eux moins que personne ne pouvaient le reconnaître, noblement travesti.

Que de fois, revenant de Saint-Cloud ou de ses environs, et traversant le Bois de Boulogne, Mme d'Orgel et François de Séryeuse, sans savoir que leurs pensées s'enlaçaient, croyaient chacun faire un long voyage avec l'autre et traverser ensemble des forêts profondes.

Souvent, à ces escapades, s'associait le prince persan que l'on appelait Mirza. Il s'ingéniait à distraire une petite nièce, une veuve de quinze ans, que son éducation européenne avait affranchie des coutumes orientales. Ce prince et cette jeune princesse étaient les seuls êtres avec lesquels Mahaut et François se sentissent à l'aise à la campagne.

L'amour accorde tout le monde. Certes Mirza n'aimait pas sa nièce comme François Mahaut, mais de la manière dont Séryeuse croyait aimer : Mirza aimait purement. En face de ce visage enfantin et qui avait déjà pleuré un époux, Mirza ne pouvait retenir une tendresse, que Paris, toujours à l'affût du mal, n'avait pas tardé à juger excessive de la part d'un oncle.

C'était leur blancheur mal comprise qui rapprochait sans qu'ils s'en doutassent Mirza, la jeune Persane, les Orgel et François. Ils allaient, pourrait-on dire, la cacher hors de Paris.

Nous avons montré à Robinson Mirza tel que le peignait le monde. Nous en fîmes donc une peinture inexacte. Par exemple, cette vertu que tous lui concédaient, le sens du plaisir, c'était le sens de la poésie. Mirza d'ailleurs entendait mal sa propre poésie. Il se

voyait pratique et d'une précision tout américaine.
Mais outre que la poésie tient plus de la précision que
du vague, la manie de ce prince le poussait aux plus
charmantes erreurs. Il ne pouvait partir pour Versailles, pour Saint-Germain, sans déplier d'immenses
cartes de la région parisienne, bariolées comme des
cachemires. Sous prétexte de trouver la route plus
courte, il se perdait.

Sa race surgissait au moment où l'on s'y attendait le
moins. Un soir que la petite bande parcourait une allée
du Bois de Boulogne, Mirza sursaute, tire son revolver,
fait arrêter son auto, et, retenant sa respiration, se
poste derrière un arbre. Il venait d'apercevoir deux
biches.

On lui eût fait en vain observer qu'on ne chasse pas
les biches du Bois de Boulogne.

Par bonheur son arme était trop perfectionnée pour
être utile. Il remonta en voiture, fâché contre cette
arme. Il aurait voulu offrir les deux biches à sa nièce et
à Mme d'Orgel. Ce qui amusa le plus les Orgel et
Séryeuse, ce fut la bouderie de la petite Persane. Elle
regrettait de n'avoir pu revenir au Ritz avec la chasse
de son oncle.

Depuis que Mme de Séryeuse avait dit, au sujet de Mahaut : « Je ne souhaiterais pas d'autre bru », François éprouvait quelque gêne en face de sa mère. Il craignait qu'elle ne devinât son amour. Aussi éviterait-il de réunir les deux femmes. Il redoutait que sa mère lui démontrât qu'aimer Mahaut, fût-ce en silence, c'était une trahison.

C'est par respect pour ma mère, se disait-il, que je ne la mêlerai plus à une situation qui, pour être chaste, n'en est pas moins fausse.

Mais comme l'amour rend craintif, il eut peur que les Orgel lui reprochassent l'ombre où il laissait depuis quelques semaines Mme de Séryeuse.

Chaque fois que ses amis venaient à Champigny, le temps manquait pour qu'ils visitassent les bords de la Marne. Il brûlait du désir de voir Mahaut dans ce décor de son enfance. Le mois de mai était propice à son dessein. François calcula que si les Orgel déjeunaient chez sa mère, la visite au bord de la Marne serait partie remise. Comme d'autre part il craignait

que ses amis ne voulussent point venir si ce n'était
pour Mme de Séryeuse, il inventa que sa mère serait
contente de les voir et de fixer le jour. La veille de ce
rendez-vous postiche, il dormit chez les Forbach afin
que les Orgel vinssent le prendre en auto. Une fois en
route, François leur dit :

— Figurez-vous que la concierge vient de me remettre un pneumatique arrivé hier soir. Ma mère me dit
qu'elle doit partir pour Évreux, chez un oncle malade.
Elle espérait sans doute que je vous préviendrais à
temps. Elle s'excuse beaucoup.

Anne d'Orgel trouva singulier que François ne les
prévînt qu'une fois partis. François s'empressa
d'ajouter :

— Allons tout de même à Champigny. Je vous
montrerai la Marne.

Anne d'Orgel accepta. Il croyait flatter le goût de
Mahaut.

François risquait peu à ce mensonge. Mme de
Séryeuse ne se promenait jamais le long de la Marne.
Quand elle faisait atteler, c'était à Cœuilly, à Chenne-
vières qu'elle allait, loin de la Marne.

Mme d'Orgel n'était guère satisfaite de la tournure
que prenaient les choses. La veille elle s'était dit que la
sagesse exigeait qu'ils espaçassent les escapades. Elle
en revenait chaque fois doucement enfiévrée, et dans
un vague qu'elle jugeait dangereux. Si son mari lui
faisait quelque caresse, elle se sentait toute triste. Elle
ne voulait trouver à cela que des motifs simples. Elle se
disait qu'elle était comme ces gens qui aiment les

fleurs, et que leur parfum entête. Il suffit de ne pas s'endormir auprès d'elles. Car Mahaut voulait se persuader que ce vague lui était pénible. Et sa comparaison avec le parfum des fleurs était fausse, car son vague n'était pas migraine, mais griserie.

Ils avaient déjeuné sous une tonnelle au bord de la rivière. La table était desservie. Assise dans un fauteuil, Mme d'Orgel, de méchante humeur, tournait le dos à la Marne, à l'île d'Amour, à son mari et à François. Elle n'avait d'autre vue que la route...

Un bruit de grelots et le petit trot d'un cheval firent sursauter Séryeuse. Son oreille ne pouvait s'y tromper ; c'était la voiture de sa mère.

En une seconde, il mesura la laideur de sa conduite envers elle et les Orgel.

Où pouvait aller Mme de Séryeuse sur cette route ? Elle n'allait nulle part et aucune ingéniosité ne pourrait expliquer cet itinéraire exceptionnel. Il fallait le mettre sur le compte de ces hasards assez nombreux pour que les hommes aient fini par y reconnaître la main d'une déesse : la fatalité. Simplement, ou, si l'on veut, fatalement, Mme de Séryeuse, ne pouvant tenir en place, avait fait atteler et donné l'ordre d'une promenade dont elle n'avait pas l'habitude.

Voilà pourquoi son fils entendait passer sa voiture sur la route.

— Je suis perdu, se dit-il. En effet, si Anne et François ne pouvaient voir Mme de Séryeuse, ni en être vus, elle ne pouvait échapper à Mahaut.

La victoria passait. Il ferma les yeux, comme quand on se noie.

Jamais Mme de Séryeuse n'avait paru si jeune. Mahaut ne la connaissait qu'en toilette sombre. Avec cette robe de campagne, ce chapeau de paille, cette ombrelle, on pouvait imaginer une sœur cadette de François.

Devant l'apparition, Mahaut crut rêver. Elle poussa un cri. La victoria avait disparu. Anne d'Orgel se retourna.

— Qu'avez-vous ? demanda-t-il.

François était si pâle que Mahaut, par un réflexe étrange, modifia sur-le-champ sa réponse.

— Rien, dit-elle, je me suis piqué le doigt.

Anne la gronda doucement :

— Vous nous faites de ces peurs !... Voyez, François est blanc comme un linge.

... François reprenait ses esprits. Il ne pouvait supposer que Mahaut fût complice :

« Elle n'a pas vu ma mère, grâce à cette piqûre. »

Mais son soulagement, loin de les atténuer, augmenta ses remords. Il imaginait ce qui aurait pu arriver ; il voyait les Orgel le chassant comme on chasse un tricheur d'un cercle.

Mme d'Orgel se taisait. Elle se demandait la raison de sa réponse. Elle la rapprocha de l'autre mensonge. Mais elle agissait sur les ordres d'une Mahaut inconnue, et ne pouvait ni ne voulait y rien comprendre. Elle arrêta net son interrogatoire. Depuis quelques semaines elle avait contracté cette habitude.

La pâleur de François répondait pour Anne à une inquiétude excessive. Cette inquiétude l'agaça. Il se reprit à temps : « Tomberais-je dans le ridicule d'être jaloux ? »

Ainsi subirent-ils une alerte et chacun manqua surprendre un peu de la vérité. Mais tout rentra bientôt dans l'ordre, c'est-à-dire dans les ténèbres.

Mme d'Orgel, honteuse d'avoir confusément cru leur ami coupable, et aussi gênée de son mensonge envers François qu'envers Anne, s'appliqua à racheter, pour elle-même, l'inexplicable de sa conduite. Elle se montra plus affectueuse que d'habitude. Les avantages de cette alerte retombèrent aussi sur Mme de Séryeuse. François ne l'écarta plus des Orgel.

Paris se dépeuplait. L'été était avancé, François de Séryeuse ne songeait guère à partir, et, chose moins croyable, Mme d'Orgel non plus. Anne s'en étonnait, qui savait leur goût commun pour la campagne. Le comte, qui n'était jamais pressé de s'y rendre, éprouvait ainsi la satisfaction secrète des enfants auxquels on oublie de faire réciter leurs leçons. Les Orgel avaient préparé leur été de telle sorte qu'en passant juillet à la ville, c'était la véritable campagne qu'ils sautaient, c'est-à-dire, pour Anne, la mauvaise période. En août, tandis que Mlle d'Orgel séjournerait en Bavière, Anne et Mahaut iraient chez les Orgel d'Autriche. Ces derniers ne connaissaient pas encore la jeune femme. Ce séjour ne lui souriait guère; non plus de se rendre ensuite à Venise.

Pourtant, ses devoirs de vacances ne la fâchaient pas tant qu'ils eussent fait l'année précédente.

Anne d'Orgel était content de sa femme. Il n'avait osé espérer qu'elle accueillerait aussi bien son programme. Il la jugeait en progrès. « Avant, se disait-il, elle ne jouissait bien de son bonheur que lorsque nous étions seuls. Le monde ne la dérange plus. »

Une excuse que se donnait Mahaut pour rester à Paris était qu'elle passait presque toutes ses journées dans le jardin. Souvent, après le déjeuner qu'on y servait, Anne disait à François et à Mahaut : « Si vous permettez, je vous laisse. » Et il avouait : « Je vous admire, mais je déteste le plein air. Dans ce jardin, il fait trop chaud ou trop froid. »

— Que c'est aimable à vous de me tenir compagnie ! Ce n'est pourtant guère amusant, disait Mme d'Orgel à François, comme si elle eût été une vieille dame.

François souriait, restait, et se taisait.

Mme d'Orgel cousait. Quelquefois, devant la torpeur heureuse de François, elle était tout à coup prise de crainte. Elle l'appelait. Elle agissait comme les enfants que le spectacle du calme effraie, qui pensent que si l'on ne bouge pas, ou que si l'on ferme les yeux, c'est qu'on est mort. Mais elle ne voulait pas convenir de son enfantillage et avait toujours une bonne raison. « Passez-moi cette pelote. — Voyez-vous mes ciseaux ? » Souvent, lorsque François lui passait l'objet demandé, leurs mains se frôlaient maladroitement.

Elle ne s'alarmait pas après ces longues journées. Elle se disait : « En face de lui je n'éprouve rien. » N'est-ce pas là une parfaite définition du bonheur ? Il en est du bonheur comme de la santé : on ne le constate pas.

Parfois, cet état de bien-être où baignait Mme d'Or-

gel, cette douce exaltation la poussaient à des gestes
qui remplissaient François de gratitude. Ainsi, après
une de ces soirées, proposa-t-elle de l'accompagner à
Champigny.

— Mais vous n'y pensez pas, dit Anne, nous
n'avons pas donné l'ordre à Pascal. Il est sûrement
couché.

— Anne, vous savez conduire, je sens que je ne vais
pas fermer l'œil, une promenade me détendrait.

Anne d'Orgel souscrivit avec assez de tiédeur à ce
caprice. Aussitôt Mme d'Orgel se représenta ce qu'il
contenait de folie. Elle rebroussa chemin avec une
rapidité extraordinaire :

« Vous avez raison, j'étais dans la lune. »

Elle en eut de l'humeur contre elle-même. « Qu'est-ce
que ces caprices ? Il est temps que nous partions. Je
m'énerve ici, et tous les soirs, je me retrouve dans un
état singulier. Est-il convenable à une personne de
mon âge de vivre dans cette paresse, assise sous les
arbres ? »

Elle n'ajoutait pas : « Avec François. »

— Au fait, dit-elle à Anne, que faisons-nous à
Paris ? Nous sommes ridicules, il n'y a plus personne.

Ce mot rappela François à la réalité. Mais comme il
vivait dans le rêve, il crut entendre une malice.

Il est au-dessus de notre force de supporter les
blessures de vanité. Elles nous tournent la tête. La
vanité de François, plus que son cœur, fut piquée au
vif. D'autre part, cette vanité n'était pas assez vive
pour qu'il admît ce qui était vrai : que ce « personne »

l'exceptait, et qu'en le prononçant Mahaut confondait François avec elle-même. Il n'y voyait que dédain, cruauté.

Il se réveilla barbouillé de mélancolie. « Je ne peux lui en vouloir. Que suis-je pour elle ? Je devrais lui avoir une profonde reconnaissance de ce qu'elle m'accorde. »

« Il n'y a plus personne à Paris », se répétait-il. Et son injustice le reprenait : « Tout à l'heure, je leur annoncerai mon propre départ. » Il imitait ces enfants qui croient se venger, et ne punissent qu'eux-mêmes.

En retrouvant sa tête, il ne changea point de décision. Il ne s'agissait plus d'obéir à un mesquin mouvement d'orgueil, mais la phrase de Mahaut lui rappelait qu'en effet il leur fallait se séparer. Il pensa que rien ne l'empêcherait de retrouver les Orgel à Venise.

On pourra trouver François bien inconséquent. C'est la meilleure preuve qu'il était né pour l'amour.

Dès qu'il se fut accroché à cette idée de Venise, toute tristesse disparut. Le départ ne lui faisait plus peur, il en était même impatient. La pensée d'une séparation était masquée par celle de retrouver Mahaut à Venise. Et vivre loin d'elle pendant un mois ne lui apparaissait plus que comme une de ces formalités qui précèdent les joies du voyage et les font ressentir : prendre un billet ou attendre un passeport.

L'après-midi, seul au jardin avec Mahaut, François, tout à sa nouvelle folie, était déçu qu'elle ne lui parlât plus de ce départ auquel la veille elle avait aspiré si violemment. Ne pensant qu'à Venise, et oubliant le choc qu'il avait ressenti de la phrase de Mahaut, il cherchait à la lui rappeler, comme on cherche à rappeler une promesse. Enfin, il se décida, et lui demanda quand elle partait pour l'Autriche. Mahaut tressaillit. C'est qu'elle avait oublié sa résolution. « Mais, balbutia-t-elle, je ne sais pas au juste. »

Rien ne nous enhardit plus que le trouble des autres.

— Moi, dit François, je pars dans deux jours, pour le pays basque. Ma place est retenue depuis une huitaine.

Il ajoutait ce mensonge par un mécanisme puéril et pour que Mahaut ne pût supposer qu'il partait à cause de sa phrase.

— Vous partez seul ?

— Mais oui.

Mme d'Orgel, stupéfaite, crut qu'il partait avec une femme et ne voulait pas la nommer. Elle se demanda qui ce pouvait bien être. Aussitôt : « Je ne la connais certainement pas », se dit-elle presque avec hauteur. Elle songeait encore : « C'est drôle, voilà notre meilleur ami. Que savons-nous de son existence ? »

Elle sentait une morsure qu'elle prenait pour de la curiosité.

On s'étonnera de voir Mme d'Orgel, si fine, incapable de démêler des fils si gros. Mais à force de cajoler certaines illusions de son cœur, elle en avait fait ses esclaves : elles ne l'en servirent que mieux.

Le mensonge devenait le premier mouvement de Mahaut. Comme elle se sentait triste, elle se montra gaie. Anne vint les rejoindre au jardin. Il proposa une partie de campagne. François eut le brusque désir de renoncer à son départ. La fausse gaieté de Mahaut donnait à penser qu'elle avait déjà oublié ce départ, qu'il pouvait peut-être le mettre sur le compte d'une parole en l'air. Ce fut ainsi qu'elle l'annonça elle-même à Anne et qu'ainsi elle empêcha François de rebrousser chemin.

— Après tout, réfléchit-il, ce départ est pour le mieux. Sinon j'aurais lâchement attendu le leur.

Mme de Séryeuse eut le même soupçon que Mahaut : Il ne va pas seul dans un endroit triste.

François espérait un peu que les Orgel l'accompagneraient à la gare. Mahaut y pensait, mais n'osait paraître indiscrète. L'amitié du comte d'Orgel était, elle, exempte de complications, de détours.

— Nous vous conduirons, dit-il.

Mahaut se félicita de voir que François acceptait aussitôt.

— Je le soupçonnais de cachotterie, se dit-elle ; c'était absurde.

Le jour de son départ, François prit congé de sa mère dès le matin. Il avait ainsi une longue journée à passer chez les Orgel. Mahaut et François parlèrent peu. François lui eut de la reconnaissance de ne pas casser, comme elle faisait souvent, par des paroles insignifiantes, un silence qu'il préférait à tout. Mais Anne d'Orgel voyait dans le silence la mélancolie inévitable des départs. Cherchant à égayer un peu, il dérangea.

Les départs nous autorisent à une certaine tendresse. L'homme qui, ailleurs que sur un quai, agiterait son mouchoir ne pourrait être qu'un fou. Mme d'Orgel, sans la moindre honte, tout naturellement, déploya son amitié. François lui répondait, ne pouvait se lasser de penser que ce serait dans un endroit nouveau, à Venise, qu'il reverrait ce visage.

Le train allait partir. Depuis quelques instants, François tenait la main de son amie dans la sienne, sans qu'elle pût songer à la retirer, puisque Anne était là. Le comte d'Orgel s'apprêtait à dire en souriant :

« Quoi, vous n'embrassez pas votre cousine ? » lorsqu'ils s'embrassèrent. François aurait voulu que ses bras ne se rouvrissent point. Que ce baiser sur les joues ressemblait peu à l'autre ! Qu'il était peu de commande, et combien Anne en était exclu ! Le comte d'Orgel, d'ailleurs, venait de tourner imperceptiblement la tête.

Le mari et la femme sortirent de la gare en silence. « On est tout désemparé, dit Anne, quand on a dîné si tôt. On ne sait que faire. »

Mahaut eut de la reconnaissance à son mari de lui donner une explication si simple, si formelle, du vague où elle se trouvait.

— Nous coucherons-nous comme les poules ?

— Allons où vous voudrez.

Ils allèrent à Médrano.

Mme d'Orgel, au roulement de tambour qui accompagnait un tour périlleux, se sentit faible. Elle se défendit pourtant de quitter sa place avant l'entracte.

— Vous marchez vite, disait Anne dans les couloirs ; j'ai peine à vous suivre.

Mahaut allongeait le pas comme font, dans la rue, les femmes sur qui des hommes se méprennent en leur chuchotant des choses qu'elles ne sauraient entendre. Elle, c'étaient des souvenirs qui la sollicitaient.

François, seul, ne s'ennuya pas. Il n'avait même pas besoin de peupler sa solitude et son oisiveté de ces mille distractions auxquelles même les paresseux se croient tenus. A peine les premiers rayons du soleil venaient-ils frapper à ses volets, qu'il se disait : « Encore une journée finie. » Le soir n'allait-il pas paraître ? Mais cette fuite des jours ne l'emplissait d'aucune tristesse. François de Séryeuse se laissait porter par la sérénité des lieux, comme le nageur qui fait la planche. Tout ne s'attachait-il pas à lui donner des leçons de calme ?

Un soir, de son balcon de bois, François vit une forêt de pins brûler. Il descendit comme un fou sur la plage. Le pêcheur qu'il interrogea avait l'air si étonné que François eut honte. N'était-ce pas le pêcheur qui voyait juste ? François l'imita, et regarda cet incendie comme un coucher de soleil.

François n'avait pas écrit à Mme d'Orgel depuis son arrivée. Il semblait vouloir maintenir le silence du jour de son départ. Mais son amour le faisait vivre dans un monde où tant de valeurs étaient à l'envers, qu'il écrivit, pour ne pas être suspect. Non qu'il crût que les Orgel accuseraient ce silence d'être inamical, mais par crainte au contraire qu'il ne révélât son amour.

Mme d'Orgel lui répondit vite. Elle lui dit qu'ils étaient à Vienne et qu'avant de partir ils avaient vu Mme de Séryeuse. Ce fut Anne qui eut l'idée d'inviter la mère de François, pour lui montrer qu'ils ne la fréquentaient pas seulement par amitié pour son fils. Cette délicatesse alla au cœur de Mme de Séryeuse. Dans ses lettres à François elle lui parlait des Orgel. Elle l'exhortait à garder leur amitié, et d'une telle sorte que François se crut deviné par sa mère. Mais loin de ressentir l'amertume qu'il n'aurait pas manqué d'en avoir à Paris, il lui fut reconnaissant. Il parla aussi de Mahaut, et assez souvent pour que Mme de Séryeuse devinât les sentiments qu'il lui portait. Elle lui recommanda encore plus de ne manquer en aucune circonstance aux devoirs de l'amitié.

De loin, personne n'est reconnaissable, parce que plus ressemblant. Si la séparation peut créer des barrières, elle en supprime d'autres.

Ainsi Mme de Séryeuse et son fils, qui, face à face, restaient chacun chez soi, échangeaient-ils des lettres fort tendres qui donnaient à chacun de l'espoir.

A quel mécanisme de l'âme doit-on attribuer cet écart entre l'écriture et la parole, ou plus exactement entre l'absence et la présence? Il semble pourtant que dans la séparation il devrait être plus facile de se déguiser. C'est juste le contraire. Mme d'Orgel ne soupçonnait certainement pas le ton de ses lettres.

Souvent elles rendaient François plus heureux que si Mahaut eût été là. Certes, elles n'allaient pas jusqu'à lui donner le moindre espoir, mais il y circulait un air de franchise, de confiance, dont François se disait, pour se l'expliquer, qu'il ne peut régner à Paris. François loin d'elle, Mahaut ne se surveillait plus et d'autant moins, qu'inconsciemment heureuse de ce commerce épistolaire qui lui donnait plus de plaisir qu'une présence, elle croyait devoir ce bonheur à celui qui était là, au comte d'Orgel. Aussi Anne n'avait-il jamais eu tant à se louer de sa femme.

Il l'aimait d'autant mieux qu'il la sentait plaire à tous les Viennois, appelés par leurs cousins pour fêter les Orgel de France.

Anne écrivait peu. Parfois dans les lettres de Mahaut à François, en marge, une ligne. François y voyait la légalisation de la gentillesse de Mahaut.

Pendant la séparation, tout paraissait à François facile et heureux. Mais il cherchait de l'acquis dans ce qui n'était que provisoire et dû aux circonstances.

Sur ces entrefaites, un incident de villégiature vint confirmer Mahaut dans l'erreur où elle était que tout son cœur appartenait à Anne.

Ils habitaient encore les environs de Vienne. L'Internationale est scellée depuis longtemps, mais pas où l'on croit. C'étaient des cousins aimés, Paris, la France, que l'on recevait. Les maîtres doivent-ils se brouiller pour une querelle entre domestiques ? Les Orgel d'Autriche jugeaient ainsi la guerre.

On peut dire que l'on assiste au retour d'âge de l'Europe. A un moment aussi tragique de la vie de ce continent, la frivolité apparaît impardonnable aux yeux d'un Paul Robin. Il se trompe. C'est en ces époques troublées que la légèreté, le dévergondage même se comprennent le mieux. On jouit avec véhémence de ce qui appartiendra demain à d'autres.

La nature d'Anne s'émerveilla de cette légèreté.

Anne était un gibier facile, marqué d'avance. Depuis l'apparition de François, il avait dissimulé un peu sa nature frivole, mais, François absent, il la retrouvait avec d'autant plus de délices qu'à Vienne ce costume était de mode.

Jadis, le comte n'avait pas hésité à faire à sa femme de petites infidélités. Qu'elle n'en sût rien, suffisait au repos de sa conscience. Il n'obéissait pas à des désirs impérieux : de ces petites trahisons, il n'avait pas tiré grand plaisir. C'était par devoir, pourrait-on dire, si ce mot n'était pas trop vif, qu'Anne avait trompé Mahaut. Pour lui, cela faisait partie de son métier élégant. Il n'en avait obtenu d'autres plaisirs que de vanité.

Une Viennoise d'une beauté célèbre se trouvait dans le château des cousins d'Anne d'Orgel. Anne fut loin de lui déplaire. Elle le lui marqua. Cet hommage le flatta. Il l'en aurait bien remerciée, ainsi qu'elle s'y attendait. Mais la vie du château, qui avait facilité les préliminaires, rendait difficile la conclusion. Anne d'Orgel respectait trop sa femme pour commettre une infidélité près d'elle. C'est ainsi qu'une chose qui, à Paris, eût été moins qu'un caprice, juste une jouissance d'amour-propre, préoccupa le comte d'Orgel.

La Viennoise, mécontente, se fit envoyer une dépêche. Une affaire la rappelait d'urgence dans sa propriété du Tyrol. Mme d'Orgel ne la regretta pas. Elle n'avait rien soupçonné de l'intrigue, mais sans doute était-ce la raison d'une antipathie qu'elle jugeait sans motif.

Que l'amour est d'une étude délicate! Mahaut qui croyait n'avoir pas à se rapprocher d'Anne, s'en rapprochait bel et bien : mais ces deux pas en avant ne les faisait-elle pas par mesure, et parce qu'Anne en faisait deux en arrière?

François de Séryeuse, dans la solitude, croyait juger de tout avec noblesse et clairvoyance. En voulant réviser ses amitiés, ses jugements, il se livrait à un jeu dangereux. Mahaut elle-même n'échappa point à cette enquête. François dut s'avouer qu'il l'aimait comme on aime une femme, et non comme un ange ou une sœur. A Paris, sa béatitude venait d'une équivoque. Seul à seul avec la vérité, et loin du respect que donne la présence, il se désespéra. Il se promenait sur la plage : « Si j'aime Mahaut tout court, je désire tromper Anne. » L'attitude de Mahaut lui apparaissait comme la seule sauvegarde de son amitié pour Anne. Il profita de ce qui le désespérait pour ne pas se considérer comme un mauvais ami. Il se répéta qu'il aimait Anne en marge de son amour pour Mahaut, que même sans Mahaut il eût été attiré vers Anne. « Il m'enchante et m'amuse. Il représente, avec ses qualités et ses travers, une longue race dont la descendance de jour en jour se rapproche des autres hommes. Mais n'est-ce pas le charme qu'il exerce sur moi qui m'a rendu injuste envers Paul Robin ? N'aurais-je pas un ridicule parti pris de noblesse ? Ne serait-ce pas un ensorcellement, de par l'objet de mon amour, qui me fait déprécier ce qui n'a pas de naissance ? Et, là encore, quelle idée absurde ! Comment un homme pourrait-il être sans naissance ? Celle de Paul n'est pas la même que celle d'Anne, voilà tout. »

François croyait que la solitude le nettoyait. Jugeant avec moins de passion, il se croyait plus juste. A propos de Paul, par exemple, il sentait les concessions que l'on doit faire à la société et que l'on ne peut beaucoup exiger d'elle. Il se reprochait d'en avoir voulu à Paul de sa méfiance lorsqu'il lui avait raconté l'épisode de Joséphine.

François entretenait une correspondance avec Paul, retenu aux Affaires Étrangères. A dire vrai, ce ne furent pas ses scrupules qui le poussèrent à lui écrire. Il voulait un passeport pour l'Italie. Paul, de son côté, avait presque du remords envers François. Il semblait regretter que les liens de leur amitié se fussent un peu défaits. N'en était-il pas responsable ? N'avait-il pas jugé d'une manière offensante et rapide l'amitié de François pour les Orgel ? Il allait prendre ses vacances et proposa de venir passer une semaine ou deux auprès de Séryeuse.

Dès l'arrivée de son ami, François vit bien qu'il avait perdu cette insouciance, dont il jouait d'habitude. Il en apprit la cause avec surprise. Paul, depuis le soir de Robinson, était l'amant d'Hester Wayne. Ç'avait été par paresse, vanité, qu'il avait laissé aller cette aventure à laquelle son cœur ne prenait aucune part. Pour Hester, qu'il n'aimait pas, Paul avait abîmé un amour. Il n'avouait pas encore le reste, que cet amour ne le flattait pas, se trouvant hors du « monde », et qu'il avait vu dans sa liaison avec Hester Wayne quelque chose de flatteur.

Mais Hester Wayne, ayant pris son aventure au sérieux, la cacha. Cela ne faisait point l'affaire de Paul. De plus, rendue jalouse par l'amour, et sentant bien chez Paul une gêne, elle ne tarda pas à deviner sa véritable liaison. Elle put apprendre le nom de sa maîtresse. C'était une petite-bourgeoise qui, par amour pour Paul, avait rompu avec son mari. Hester se croyait aimée. Paul s'ennuyait dans sa compagnie. Elle crut que l'ennui qu'il montrait venait de cette

autre liaison, et qu'il ne savait comment la rompre.
Sans rien lui dire, elle se chargea de l'ouvrage.

La maîtresse de Paul n'avait jamais soupçonné qu'il
la trompât. Il lui devint un objet d'horreur. Elle
rompit tragiquement. Paul, atterré par ce travail
d'Hester Wayne, lui dit qu'il la haïssait, qu'il ne l'avait
jamais aimée, et ne voulut plus la revoir.

Il avait fait deux malheureuses et souffrait. Il se
sentait, seul, dépouillé, ne pensant plus qu'à reconqué-
rir celle qu'il aimait. Il parlait avec dégoût de lui-
même, préparait un programme de pureté. Ce fut dans
cette détresse morale, qui pousse les plus fermés à
s'ouvrir, que Paul avait couru à François.

Gagné par les confidences de Paul, François se
confia à son tour. Il lui dit qu'il aimait Mme d'Orgel,
d'un amour sans espoir, et que son amitié pour Anne le
poussait même à ne point souhaiter qu'il en fût
autrement. Les deux amis s'approuvaient, et il était
curieux de voir nos complices, qui si souvent avaient
cherché à s'éblouir par le récit de méfaits imaginaires,
se piquer d'émulation dans des sentiments qu'ils
tenaient jadis pour risibles : la fidélité, le respect de
soi-même et d'autrui, ce mélange qui n'est insipide que
pour ceux qui n'ont pas de goût, le devoir.

Chez le nouveau Paul, cependant, François, à
chaque pas, retrouvait l'ancien, le vrai.

Paul avait apporté à François son passeport pour
Venise. Quand il apprit que Séryeuse devait y retrouver les Orgel, il ne laissa son ami en paix jusqu'à ce
qu'il lui proposât de venir. François s'amusait de la

dissimulation : après lui avoir confié ses chagrins les
plus secrets, Paul cherchait maintenant à masquer cet
aveu. On eût dit que Venise était la propriété des
Orgel et de François.

Mahaut continuait d'écrire à François. Elle ne lui parlait guère de l'Italie.

Par une de ces inspirations communes, qui peuvent figurer l'entente, Anne ni Mahaut ne semblaient plus tenir à Venise. Chacun attendait que l'autre s'en ouvrît. Ce fut d'un accord tacite et presque sans souffler mot, qu'ils changèrent de route. N'y avait-il déjà plus que les kilomètres qui pussent séparer Mahaut de François ? Elle se disait qu'elle préférait vivre un peu seule avec Anne ; qu'à Venise on retrouve Paris. De son côté, Anne d'Orgel, enthousiasmé par l'Autriche, ne pensait qu'à revenir par l'Allemagne. Ces pays, à cause précisément de leur détresse financière, apparaissaient à son incroyable légèreté comme des pays de cocagne. C'était avec l'excitation d'un enfant qu'il portait dans un sac les liasses de papier-monnaie nécessaires aux menus achats.

Ils étaient déjà en Allemagne quand Mme d'Orgel écrivit à François que les circonstances les empêchaient de se rendre en Italie. François avait eu le temps d'envisager cette hypothèse. Son chagrin fut moins vif que le plaisir qu'il s'était promis du voyage, qu'il en avait même tiré avant la lettre.

La carte de Mahaut était si embarrassée, si bonne, elle cherchait tant à excuser leur faux bond, qu'elle paya presque François de son chagrin. « Après tout, se dit-il, ils reviennent plus vite à Paris. Que cherché-je ? Être près d'elle, et seul. Tout le monde est à Venise. Je serai donc, à Paris, plus heureux que là-bas. »

Sa nature penchait si fort vers le bonheur que, dans un contretemps, il trouvait une source de joie.

Paul partit seul pour Venise. La première personne qu'il y rencontra, ce fut Hester Wayne. Il se réconcilia avec elle.

Les Orgel ne devaient pas revenir si vite que le croyait François. Savoir qu'il resterait deux mois sans Mahaut, il ne l'eût pas supporté en quittant Paris. Mais l'espérance le mena sans peine jusqu'aux derniers jours de septembre. Mahaut lui écrivit d'Allemagne qu'ils rentraient chez eux. François fit ses malles.

Jamais son plaisir de revoir sa mère n'avait été plus réel. Mme de Séryeuse se détacha, surprise de son étreinte.

« Tu n'as pas bonne mine », dit-elle.

Ces mots reformèrent la glace autour d'eux. Il en fut désespéré. Il pensait à Mahaut.

En ira-t-il de même ? se demanda-t-il.

Les Orgel étaient revenus depuis deux jours. François qui, pendant le voyage, ne pouvait tenir en place à l'idée qu'il reverrait Mahaut, avait maintenant peur.

— Tu t'échappes déjà, lui dit sa mère, après le déjeuner.

— Les Orgel sont à Paris, dit-il avec une gravité extraordinaire, et comme s'il devait apparaître à sa mère aussi naturel qu'à lui qu'il se précipitât chez eux.

— Comme tu es pressé, dit-elle. Et elle ajouta : « Que d'amour ! »

Elle se tut, s'arrêta net. Au regard de son fils elle venait de comprendre que ce lieu commun, ces mots prononcés à la légère, répondaient à une vérité.

« Voilà ce qui arrive, pensait François amèrement. Je me suis laissé aller dans mes lettres. On ne devrait jamais rien dire. »

Ainsi, de part et d'autre, le froid reprit.

François courait le risque, en ne prévenant pas, de ne trouver personne à l'hôtel d'Orgel ; mais si Mahaut était absente, il préférait le savoir le plus tard possible ; car s'il avait supporté de passer deux mois loin d'elle, maintenant qu'il la sentait proche, il n'eût pu soutenir, sans défaillance, l'idée qu'il ne la verrait peut-être pas le jour même.

Du dehors, l'hôtel d'Orgel lui sembla triste. Il avait l'air mal sorti de son sommeil d'été.

Mahaut était seule. Au nom de Séryeuse elle se leva, fit quelques pas vers lui, comme en peut faire quelqu'un frappé par une balle. François lui baisa la main, comme s'il l'avait vue la veille. « Je pouvais l'embrasser », pensa-t-il. C'est sous cette forme qu'il se traduisit : « Anne n'est pas là. » En effet, ce fut son absence qui le dérangea. Anne d'Orgel présent, il eût embrassé Mahaut.

Anne était à une partie de chasse et ne devait revenir que le lendemain. Elle ne l'avait pas suivi, fatiguée du voyage.

François regardait à peine Mahaut. Il inspectait le salon. Il cherchait une cause matérielle à son malaise. Il s'était fait une telle fête de cette minute ! Avait-il changé ? Aimait-il encore ? Il ne retrouvait plus la chaleur de cette pièce.

— C'est dommage qu'il pleuve, et que nous ne puissions être dans le jardin, pensa-t-il à haute voix.

— Oui. C'est dommage, dit Mahaut, avec un sourire contraint.

Tous deux enfermés seuls, ce qui ne leur était jamais arrivé, ils ne savaient quoi se dire. Il semblait à chacun qu'il fallait jouer un rôle et qu'ils avaient négligé de l'apprendre. L'insouciance ne s'improvise pas. A ce moment, Séryeuse comprit ce que son amour avait d'impossible.

Mahaut et lui, face à face, loin d'être à l'aise, pensaient au comte d'Orgel. L'absence les gênait de celui dont la présence gêne d'habitude les amants.

La nuit tombait. Eux-mêmes étaient déjà si obscurcis qu'ils n'y prirent pas garde. Un domestique entra. Il portait le goûter. Alors Mme d'Orgel se réveilla, s'aperçut qu'il faisait noir.

Sur un ton de reproche et comme si ce domestique eût été responsable de la nuit, elle ordonna d'allumer.

D'une table basse François retira un album. « Regardez-le, dit Mahaut, cela vous distraira. » Ce mot était humble. Elle se sentait impuissante à distraire.

L'album contenait les photographies de l'été, point encore mises en ordre. La plupart des visages étaient inconnus de François. « Qui est cette personne ? Elle est bien belle », demanda-t-il en voyant la Viennoise. « Mais qu'a-t-elle donc pour que lui aussi la trouve belle ? » pensa Mahaut.

Elle sentit de la jalousie. Elle crut que c'était parce que ce portrait lui réveillait des souvenirs désagréables (car son système de mensonges inconscients venait de lui révéler soudain les raisons de son antipathie, et de lui dévoiler le manège de cette femme auprès d'Anne). Elle se calma aussitôt, ce qui n'aurait point dû être.

L'album délivra François d'une moitié de son malaise. N'était-ce pas qu'Anne s'y trouvait partout au premier plan ?

François revit les Orgel comme avant les vacances. Il eut certes plus de détente à revoir Anne que Mahaut. Le comte avait rapporté des fume-cigarette, des porte-mines d'Autriche et d'Allemagne. « Grâce au change, je les ai payés un sou ! » Cette façon de faire valoir ses cadeaux eût assez étonné Paul.

François retomba dans une fausse quiétude. Mais s'il continuait à se laisser vivre à la merci de la minute présente, Mme d'Orgel fut, elle, bien vite décidée.

Oui, elle était décidée, mais à quoi ? C'est ce qu'elle ne se précisait encore.

Qu'était-ce donc qui avait pu la changer ainsi brusquement ?

Les mots ont une grande puissance. Mme d'Orgel s'était crue libre d'attribuer à sa prédilection pour François le sens qu'elle voulait. Ainsi avait-elle moins combattu un sentiment que la crainte de lui donner son véritable nom.

Ayant jusqu'ici mené de front le devoir et l'amour, elle avait pu imaginer, dans sa pureté, que les senti-

ments interdits sont sans douceur. Elle avait donc mal
interprété le sien envers François, car il lui était doux.
Aujourd'hui ce sentiment, couvé, nourri, grandi dans
l'ombre, venait de se faire reconnaître.

Mahaut dut s'avouer qu'elle aimait François.

Dès qu'elle se fut prononcé le mot terrible, tout lui
sembla clair. L'équivoque des derniers mois se dissipa.
Mais après trop de clair-obscur, ce grand jour l'aveu-
glait. Bien entendu, elle ne pensait pas à regagner ses
brumes ; elle eût voulu agir sur l'heure, mais ne savait
comment et à qui demander conseil. Tour à tour, cette
abandonnée regardait Anne et François.

Pendant cette période atroce, Anne entretint François d'un bal costumé qu'il projetait et dont il avait
déjà parlé à sa femme.

— Il me semble que ce n'est guère le moment,
balbutia Mahaut.

— Vous êtes modeste, reprit-il. Sans doute, on ne
donne pas de fête en octobre, mais si nous en donnons
une, on en donnera. C'est ce bal qui ouvrira la saison.

Mme d'Orgel vivait dans une torture constante. Elle se sentait trop loin de son mari pour en espérer du secours. Elle eût trouvé bien plus naturel de s'adresser à François. Sa pudeur ne s'y pouvait résoudre. Comment lui dire ce qu'elle attendait de lui, sans avouer ce qu'il ne devait jamais savoir ?

Sa personne tout entière reflétait le cruel combat dont elle était le théâtre. Elle n'avait plus sa bonne mine, et François, lui, était loin de se douter qu'il causait cette pâleur. Son amour grandissait encore. « Elle n'a pas l'air heureuse, pensait-il, pourquoi donc ? Elle aime Anne. Sans doute il ne l'aime pas comme elle le voudrait. » Et, de son amour et de son amitié combinés, résultait un état si étrange, qu'il résolut d'user de toute son influence sur Anne pour le pousser à aimer mieux. Car il sentait encore que si Anne rendait Mahaut malheureuse, il ne pourrait avoir d'amitié pour lui.

Un soir que Mme d'Orgel semblait encore plus mal que d'habitude, François, bouleversé, s'ouvrit de ses

craintes au comte d'Orgel, après qu'elle se fut retirée
dans sa chambre.

— Mahaut n'a pas l'air bien portante.

— Ah ! n'est-ce pas ? fit aussitôt Anne, soulagé.
Vous en avez aussi fait la remarque. Elle me navre. Je
ne sais quoi faire. Elle affirme qu'elle n'a rien. Je ne
sais plus comment m'y prendre. On croirait que ma
présence l'énerve. D'autre part, comme je suis inquiet,
je n'ose la laisser seule.

François se trouva en face d'un homme si différent
de celui auquel il s'attendait, qu'il s'en voulut d'avoir
soupçonné Anne d'aimer mal sa femme.

— Aussi, continua le comte d'Orgel, Mahaut est
terriblement jeune ; elle aurait besoin de plus d'activité. La saison est morne. Sans doute, à la rentrée,
sera-t-elle moins triste. Mais c'est qu'elle ne me facilite
pas la besogne. Pour la distraire j'ai eu l'idée de ce bal,
vous voyez comment elle l'accueille. Je veux la mener
chez un médecin qu'on me recommande, et qui soigne
ce qui n'a pas de nom : elle refuse.

« Je ne sais pas quoi faire », reprit Anne d'Orgel,
tandis que François de son côté se lamentait de tant
d'impuissance.

Le soir même, comme Mahaut répondait aux questions inquiètes du comte :

« Mais non, je n'ai rien, je vous assure », Anne
s'écria : « Je ne suis pas seul à remarquer votre
transformation. François en a été frappé sans que je lui
en parle. »

Mme d'Orgel se vit perdue. Elle n'avait que trop

tardé. Le danger ne lui était jamais apparu si proche. Elle se décida. Le lendemain matin, elle écrivit à Mme de Séryeuse.

Ce qui est trop simple à dire, on n'arrive pas à l'énoncer clairement. Elle lui demandait de la sauver. Elle s'aperçut tout à coup qu'elle n'avait pas avoué son amour. Elle déchira sa lettre, se remit à la tâche, composant un aveu, aussi appliqué, aussi embarrassé que possible.

Mme de Séryeuse, qui n'avait jamais passé par de pareilles transes, trouva la lettre confuse. L'honnêteté, la vertu peuvent mettre dans un état d'incompréhension féroce. La mère de François, assez heureuse pour n'avoir aimé que son époux, ne croyait à la solidité des sentiments que conjugaux. Il fallait être un monstre pour avoir un autre que son mari dans le cœur. Mais que signifiait cela ? Une femme qui avouait son crime, pour ne pas se perdre. Mme de Séryeuse put enfin comprendre que la vie n'est pas si simple, que la vertu n'a pas un seul visage. Elle relisait la lettre, en croyait mal ses yeux, bien qu'elle se répétât : « Je l'avais prévu. »

Mme de Séryeuse fit appeler la négresse Marie, porteuse de la lettre. Elle attendait dans l'antichambre : « Savez-vous si Mme la comtesse sera chez elle à la fin de l'après-midi ? » Sur une réponse affirmative, « Ma visite est donc attendue, pensa Mme de Séryeuse. C'est plus grave que je ne croyais. » Plus grave signifiait pour elle que François était coupable. Car elle allait voir Mme d'Orgel non par pitié, mais en mère

qui, au reçu d'une lettre du proviseur, souvent insignifiante, accourt au collège, persuadée que son fils a mal
agi.

Mme d'Orgel, depuis la lettre, se sentait moins
lourde. L'application qu'elle y avait mise lui avait un
peu masqué le tragique des circonstances. Ce serait fou
de dire qu'elle était calme, mais elle avait du contente-
ment d'avoir agi. Elle ne se sentait plus dans l'état
maladif des jours précédents. Peut-être ce soulagement
venait-il plus de l'aveu de son amour que du reste.
Enfin, quelqu'un partageait ce lourd secret! Ce n'était
pas sa honte qui se trouvait satisfaite, mais son amour.
Sans doute, ne se sentait-elle pas atterrée de sa
décision, parce que ce n'était pas encore une décision
véritable.

Dans le train, Mme de Séryeuse relisait :

« Madame,

« La hâte avec laquelle je vous fais remettre cette
lettre vous prépare déjà à ce que je viens vous dire.
Pourtant, combien vous êtes loin de la vérité, comme il
y a peu de jours, moi-même je l'étais! Quand vous
saurez le danger que je cours, peut-être me jugerez-
vous imprudente de vous demander de l'aide.

« Au début de l'amitié de mon mari pour votre fils,
je ne tardai pas à m'apercevoir de la préférence que je
lui accordais sur tous nos amis; je ne m'alarmai pas
bien sérieusement et ne crus m'en apercevoir que par
excès de scrupules. Déjà, sans le savoir, j'agissais mal.

L'incident de Champigny aida encore ma conscience à se mettre en repos, et je m'accrochai démesurément à l'idée que François était plus qu'un ami, un cousin, et que mes sentiments, alors, n'avaient rien que de légitime.

« J'étais aveugle ; je ne le suis plus. Il me faut donner à mes sentiments pour votre fils le nom que, à ma honte, ils exigent. Mais une mère s'alarme vite. Aussi faut-il que je m'empresse de vous dire que votre fils est innocent, qu'il n'a rien tenté contre mon repos. C'est toute seule que je suis venue à des sentiments interdits, dont il ne sait rien. D'ailleurs, si je n'étais pas la seule coupable, vous comprenez bien, madame, que ce n'est pas à vous que j'aurais le front de demander du secours. Mais vous seule pouvez obtenir de lui ce que je ne puis, moi, demander : S'il a de l'amitié pour mon mari, pour nous — ne plus nous voir ; car je ne puis plus me sauver, qu'en me sauvant de sa présence. Vous trouverez ce qui est le plus propre à le convaincre. Ce sera peut-être lui dire tout. Je n'en ai pas peur, je sais qu'il ne tirera aucune vanité de ma détresse. Heureusement il n'en coûtera à son cœur que la peine, légère à côté d'autres dont je fais la connaissance, que l'on éprouve à s'éloigner d'amis véritables. Je n'ai pas su rester cela. Mon cœur a trahi cette amitié. Il faut donc que François ne me voie plus.

« Ne dites pas que je n'ai pas le droit d'agir ainsi, de vouloir le séparer de mon mari, et que je manque au premier de mes devoirs en n'avouant pas tout d'abord à M. d'Orgel. Plusieurs fois, ces derniers jours, j'ai tenté de l'avertir. Mais il semblait si loin de la vérité que je n'eus pas ce courage. Il ne veut pas m'entendre. N'allez pas croire que je l'accuse ; au contraire, je veux me charger davantage. Si mon mari est coupable, c'est d'avoir trop de confiance en moi.

« Hélas ! Je ne puis compter sur rien. La religion ne peut plus me secourir. J'ai assez aimé mon mari pour le suivre dans son incroyance. Ma mère pouvait-elle supposer que je lui ressemblasse si mal ? Comment m'eût-elle mise en garde contre des dangers qui, pour elle, ne pouvaient être qu'imaginaires ? Je n'avais jamais cru ne pas suffire seule à défendre mon honneur. Si je me plains, c'est de la confiance qu'on m'a accordée, dont je vois aujourd'hui que j'étais indigne.

« Persuadez François, madame, je vous en supplie ! Vous et votre fils, êtes les deux personnes dont j'attends tout... »

— Elle me cache la vérité, pensait Mme de Séryeuse. Une lettre pareille ne vient pas toute seule. Elle me ménage.

Ce fut dans sa chambre que Mahaut reçut Mme de
Séryeuse. Elle avait fait dire qu'elle n'était là pour
personne, sauf pour elle. Les deux femmes parlèrent
d'abord de choses indifférentes.

Mme d'Orgel ne savait comment aborder un tel
sujet. Devant ce silence, Mme de Séryeuse se dit : « Il
faut que ce soit plus grave encore que j'imagine. » Et,
persuadée de ses torts, elle commença, timide, comme
si c'était elle qui eût été en faute :

— Je n'ose vous apporter mes excuses au sujet de
mon fils...

— Oh ! madame ! Quelle bonté ! s'écria Mahaut.
Et, mue par son cœur, elle prit les mains de la mère.

Sur ce terrain glissant, comme des patineuses novices, ces deux femmes pures rivalisèrent de maladresse.

« Non, non, disait Mahaut, je vous affirme que
François est étranger à ce drame. »

Mme de Séryeuse, convaincue que c'étaient là les
derniers scrupules de Mahaut, s'écria qu'elle savait à
quoi s'en tenir sur les sentiments de François.

— Que vous a-t-il dit ? demanda Mme d'Orgel.

— Mais je le sais, enfin ! répliqua Mme de Séryeuse.

— Mais quoi ?

— Qu'il vous aime.

Mme d'Orgel poussa un cri. Mme de Séryeuse eut vraiment le spectacle d'une détresse humaine. Tout le courage de Mahaut venait-il d'une espèce de certitude que François ne l'aimait pas ? Une joie folle éclaira une seconde son visage, avant que Mme de Séryeuse pût voir cet être déraciné, secoué par la douleur. François arrivant en cet instant, elle était à lui. Rien n'aurait pu l'empêcher de tomber dans ses bras, pas même la présence de sa mère.

Mme de Séryeuse comprit tout. Effrayée, elle chercha vite à se reprendre.

— Je vous en conjure, s'écria Mahaut, ne m'arrachez pas ma seule joie, ce qui me fera supporter mon devoir. Je ne savais pas qu'il m'aimât. Heureusement mon sort ne m'appartient plus. Je vous demande donc encore davantage de me cacher François. S'il m'aime, inventez ce que vous voudrez, mais ne lui dites pas ce qui est vrai ; nous serions perdus.

A parler de son amour, et à la mère de celui qu'elle aimait, Mme d'Orgel se complaisait presque. Après ses premiers transports :

— Il doit venir, ce soir, à notre dîner, dit-elle d'une voix plus assurée. Comment l'en empêcher ! Je ne pourrai le revoir sans m'évanouir.

Au fond, Mme de Séryeuse préférait agir sans retard. Encore sous l'influence de cette scène, elle convaincrait mieux François. Elle le trouverait sans doute à sept heures chez les Forbach.

— Il ne viendra pas, dit-elle. Je vous le promets.

Ce qui, dans cette scène, n'eût pas le moins stupéfait Séryeuse, eût été l'attitude de sa mère, qu'il croyait froide. Le spectacle de cette passion réveillait chez elle la femme endormie. Elle avait les larmes aux yeux. Elle embrassa Mahaut. Toutes deux sentirent leurs joues brûlantes et mouillées. Quelque chose de presque théâtral grisait Mme de Séryeuse. — C'est une sainte, se disait-elle, en face du calme que donnait à Mahaut la certitude d'être aimée.

Mme de Séryeuse s'était précipitée chez les Forbach, comme quelqu'un qui court jusqu'au moment où il se cogne contre un mur. Car devant leur stupéfaction, puis devant celle de François, elle fut dégrisée. L'inconséquence de sa conduite lui apparut enfin. « Qu'ai-je à me mêler des affaires de mon fils ? se demandait-elle. Pourquoi courir comme une folle ? »

Plus que quiconque elle devait détester de s'être laissé prendre à sortir de soi.

— Mais, qu'y a-t-il, maman ? interrogea François quand elle entra dans la chambre où il s'habillait.

Devant son fils Mme de Séryeuse retrouva toute sa froideur et, partant, un nouvel ordre de maladresses.

— Je te remercie. Tu me mets dans des situations agréables !

Et cette femme, en qui on ne pouvait reconnaître celle qui une heure auparavant pleurait avec Mahaut d'Orgel, tira la lettre de son sac, la tendit à François, avec un visage de glace. Plus rien ne lui semblait respectable d'une aventure trouble où elle se repro-

chait d'avoir accepté un rôle. Ses promesses à Mahaut
lui apparurent sans valeur.

François lisait cette lettre, ne voyait plus ce qu'il
lisait. Il tenait dans sa main cette preuve incroyable de
son bonheur. Il ne pouvait douter que ce fût l'écriture
de Mme d'Orgel.

Mme de Séryeuse continuait ses reproches. La révélation de son bonheur rendait François imperméable.
Les paroles de sa mère glissaient sur lui sans l'atteindre, sans même qu'il les entendît.

Mme de Séryeuse en voulait à Mahaut de n'avoir pas
arrêté son élan, se retournait contre elle, en venant à la
soupçonner de mensonge. Dans son injustice, elle
l'accusa même de s'être servie d'elle pour faire savoir à
François qu'il était aimé. François n'était pas loin de
ce point de vue, dans son ivresse. Le bonheur lui
masquant tout, il ne vit pas une seconde dans quel
dessein Mme d'Orgel avait écrit cette lettre. Il s'extasiait presque sur l'ingéniosité que donne l'amour.

Après avoir lu et relu cette lettre, François la rangea
le plus naturellement du monde dans son portefeuille.

— Et tu l'as vue ? dit François. Qu'avez-vous dit ?

— Je dois avouer, termina Mme de Séryeuse, que je
n'ai pas la grandeur d'âme de cette personne. A
l'entendre, tu es innocent, elle est la seule coupable.
Moi, je considère que tu l'es au moins autant qu'elle.
Tu comprends bien que tu n'as pas l'embarras du
choix. Vous ne devez plus vous revoir. A toi de trouver
un prétexte convenable envers M. d'Orgel, car je n'ai,
moi, guère l'habitude de ces sortes d'histoires.

« Ah ! soupirait Mme de Séryeuse, avec cette prodigieuse injustice des mères, pourquoi fallait-il te brouiller avec tes seuls amis bien ! »

Comme il continuait de s'habiller, Mme de Séryeuse
demanda timidement :

— Mais tu comptes dîner chez les Orgel ?

— Mon absence à ce dîner serait incompréhensible
aux yeux d'Anne d'Orgel. J'irai.

Mme de Séryeuse se taisait. Elle baissait la tête
devant son fils. Elle n'avait jamais vu en lui qu'un
enfant. Elle se trouvait en face d'un homme.

Il était tard pour rentrer à Champigny. Elle resta
dîner chez les Forbach. Avec eux, l'inattention était
permise. Pourtant celle de Mme de Séryeuse était si
voyante qu'elle n'échappa ni à l'aveugle ni au faible
d'esprit. Elle n'était pas rassurée sur sa besogne auprès
de Mme d'Orgel et auprès de son fils. Et surtout elle
s'en voulait de cette flamme de jeunesse, vite éteinte,
que le malheur de Mahaut avait fait jaillir en elle.
Enfin elle se condamnait parce que M. de Séryeuse
n'eût point accepté un tel rôle, et, à plus forte raison,
qu'elle le jouât.

Pendant que sa femme, dans l'état qu'on devine, s'habillait, Anne, toujours prêt le premier, recevait une visite assez singulière : celle du prince Naroumof, que tout le monde croyait mort. Les journaux, prodigues de sang, avaient annoncé l'assassinat de ce prince, un des familiers du tsar Nicolas.

Le prince Naroumof débarquait à Paris comme si c'eût été la première fois. Il n'y connaissait plus personne. Il venait chez Anne parce que la semaine précédente, à Vienne, on lui avait parlé du séjour des Orgel. Les amis chez qui Naroumof habitait en Autriche étaient devenus presque aussi pauvres que lui. C'est d'eux qu'il tenait ce costume de chasse et ce chapeau, un peu risibles, avec lesquels il se présenta devant Anne.

En proie à une véritable surprise, le comte d'Orgel se taisait. Car il n'était habile à exprimer que ce qu'il n'éprouvait pas. Cette surprise passée, il sut la feindre. Au récit des malheurs de Naroumof, il lui proposa spontanément de le loger chez eux. Mais la bonté et la légèreté du comte d'Orgel se combinaient si bien qu'on ne pouvait les désunir ; une chose le tracassait : le prince n'allait-il pas déranger l'ordonnance d'une soirée consacrée à la mise au point du bal ? Certes on ne pouvait rêver de plus grande « attraction » que ce prince arrivant en droite ligne d'un pays de mystère. Mais c'était son économie de maître de maison qui poussait Anne d'Orgel à déplorer que Naroumof débarquât sans crier gare. Dès ce moment, il décida de ne pas trop le mettre en vedette et de le réserver pour un dîner politique. Pour un peu il l'eût fait attendre dans les coulisses et tenir compagnie à sa sœur, qui devait dîner seule.

La comtesse d'Orgel parut. Elle craignit de ne pouvoir tenir son rang, tant elle était faible. Le prince et elle se sentirent aussitôt attirés l'un vers l'autre. L'air un peu égaré qu'avait Mahaut ce soir-là ne dépaysait pas Naroumof. Elle l'intimidait moins que ne l'eût fait un article de Paris. De son côté Mme d'Orgel se sentait compatissante, car elle avait mal.

Anne ordonna d'ajouter un couvert. Mahaut pensa que cet ordre était inutile. Elle comptait sur un coup de téléphone de François s'excusant de ne pouvoir venir.

Les premiers invités arrivaient. Anne d'Orgel jugeait bon d'expliquer à chacun, dès l'entrée, la présence de ce touriste. Il racontait l'histoire du prince Naroumof et brodait tellement autour de la vérité que dès la deuxième version le héros dut démentir son barde.

« C'est inexact. Je n'arrive pas en droite ligne de

Moscou dans ce costume. Je ne l'ai que depuis trois jours. »

Le premier arrivé avait été Paul Robin. Anne s'était contenté de le présenter à Naroumof. Là, le comte d'Orgel agissait avec Paul comme ces gardiens de châteaux qui évitent de guider un seul visiteur et qui pour se mettre en marche attendent qu'il en arrive d'autres. Il le laissa sans pitié en face du mystère, qui dura peu : Mirza et sa nièce l'en vinrent tirer. Eux valaient que l'on fît jouer les grandes eaux.

Naroumof, à demi content du premier préambule d'Anne d'Orgel, détourna la conversation. Il dit à Mirza qu'il l'avait fort regretté en Perse quand, au début de la guerre, il était allé rendre visite au Shah. Mirza s'excusa d'avoir été absent.

Paul Robin assistait émerveillé à leur tournoi de politesse. Naroumof ne consentit point à ne pas avoir le dernier mot. Il remercia Mirza de l'avoir laissé passer sur ses terres. Mirza fut d'autant plus étonné que les terres dont parlait Naroumof étant une province de la Perse, il eût éprouvé quelque difficulté à en défendre l'accès. Naroumof oubliait l'épouvantable scène qu'il avait faite, en apprenant que Mirza n'était pas au seuil de sa province pour le recevoir.

Le malheur avait changé le prince Naroumof. Il était devenu bon. Il avait perdu de son orgueil.

François était toujours des premiers à arriver. Personne ne manquait plus que la princesse d'Austerlitz et lui. Mme d'Orgel était sûre, maintenant, qu'il ne viendrait pas. Une angoisse lui apprit qu'elle avait cru jusqu'à la dernière minute qu'il viendrait. Elle trouva certes naturel qu'il se fût incliné devant son ordre, mais souffrait qu'il ne l'enfreignît point.

François, lisant et relisant la lettre, avait traîné en chemin. Au moment où il sonnait à la porte de l'hôtel d'Orgel, Hortense d'Austerlitz descendait de voiture. Il l'attendit :

— Vous me rassurez, dit-elle. Je me croyais en retard.

Mahaut ne vit François que lorsqu'il fut à deux pas d'elle. Elle recula, et jugea aussitôt à son aisance que Mme de Séryeuse ne l'avait point encore vu.

Elle déclencha aussitôt un de ces mécanismes, communs aux femmes qui aiment et ne veulent pas aimer et qui pourtant contredisent leur vertu. N'avait-elle pas tout tenté afin que François se décommandât ? Elle n'avait pas à se reprocher sa présence : elle souhaita donc jouir de ce délai, de cette soirée unique.

Dès le début du dîner, Naroumof s'efforça d'être jovial. Pourtant sa présence glaçait. Nul sourire n'efface ce qu'imprime la souffrance sur un visage. Ce ne sont pas des rides ; le regard est pareil. Un homme qui a souffert n'a pas forcément vieilli. La transformation est plus profonde.

Au milieu des habits, des robes, Naroumof était seul. Il attribua sa solitude à son costume. Il n'avait plus cette belle confiance qui jadis l'aurait assuré que cela gênait les convives de n'être pas vêtus comme lui. L'éclat de la lumière, des voix le troublait. Il entendait mal ses voisines, se faisait répéter leurs paroles.

Cette conversation chatoyante le refoulait, ne voulait pas de lui. Il n'en pouvait suivre le fil, il la trouvait décousue. Sa rapidité le déconcertait, comme le jeu du furet quelqu'un malhabile de ses doigts.

Mme d'Orgel comprit le trouble de Naroumof. Elle-même ne se sentait guère assise. Ils finirent par s'isoler. Naroumof lui raconta la Russie. Mme d'Orgel défaillait. La Russie n'était pas la cause de son trouble, mais un prétexte pour ne pas avoir à le cacher. Naroumof, la voyant ainsi, pensa : « C'est une personne de cœur. »

Mahaut s'était proposé du bonheur à voir François. Sa vue ne lui causait que du mal. Elle l'évitait comme une torture inutile. Pourtant, elle n'était pas assez maîtresse d'elle-même pour ne pas tourner les regards vers lui, de temps à autre, et c'était afin de le surveiller.

Il avait comme voisine la jeune Persane. Sa joie le rendait aimable. Le hasard ou plutôt les convenances agissaient avec à-propos en plaçant le prince russe à côté de Mme d'Orgel, François à côté de la petite veuve. De même que Mahaut n'eût pu que souffrir d'un voisin futile, François ne pouvait trouver mieux que cette princesse qui avait l'âge du rire et qui avait déjà pleuré beaucoup. Ce rire trouait le cœur de Mme d'Orgel : « Cette enfant est ravissante », pensa-t-elle, en regardant François.

Bien que le supposant encore dans l'ignorance, elle ne lui en voulait pas moins de sa gaieté : s'il l'aimait, était-il possible que son cœur n'eût pas été averti de la gravité de cet instant ? Elle en vint à douter de ce que lui avait dit Mme de Séryeuse. Mais aussitôt mille détails, qu'elle repoussait jadis, et auxquels son esprit n'opposait plus de résistance, lui prouvèrent que son amour était partagé. Cependant, induite en erreur par l'exemple d'Anne, et attribuant à l'amour un air d'urbanité, elle reprochait à François son manque de pressentiment, alors que c'était elle qui en manquait, la gaieté de François venant de la révélation du cœur de Mahaut.

Mme d'Orgel apprenait la jalousie. Est-ce bien un sentiment légitime, le jour même où une femme décide de sacrifier son amour à l'honneur ?

— Comme vous devez les détester, ces bolchevistes ! dit Hester Wayne au prince Naroumof.

Anne d'Orgel fut agacé de cette absurde apostrophe. Il avait déployé une souplesse d'acrobate pour éviter la Russie, et rendait hommage à sa femme. Il lui attribuait ses puérils calculs ; il l'admirait d'avoir si bien tourné la difficulté en s'isolant avec Naroumof. Elle le traitait avec respect, et du même coup empêchait que la conversation sinistre devînt générale.

Or voici que l'Américaine détruisait, d'une phrase, ce chef-d'œuvre.

Le prince Naroumof hésitait, s'exprimait avec une peine qui renforçait des paroles assez banales.

— Peut-on rendre les hommes responsables d'un tremblement de terre ? Ce qui doit arriver arrive. Je crois que la France est trop disposée à juger la Révolution russe d'après la sienne. Mais, outre que dans un pays aussi étendu que le nôtre les choses se passent forcément d'une autre manière, le mot Révolution m'a toujours semblé impropre pour définir ce qui arrive chez nous. C'est un cataclysme, ce que vous voudrez, mais pour moi je me refuse à accuser les malheureux qui m'ont fait tant de mal.

« Pour vous prouver que tout ce que vous savez sur la Russie, continua Naroumof, n'est peut-être pas exact, pensez que l'on m'a dit assassiné. Or on n'a jamais touché à un de mes cheveux. Il est vrai, ajouta-t-il sombrement, qu'en me laissant la vie, ils m'ont ôté mes raisons de vivre. »

Il en coûte cher de modifier ses opinions. En cette minute le prince put entrevoir que si sa vie devait démentir l'opinion courante, il était déloyal qu'il vécût.

— Naroumof a raison, dit la princesse d'Austerlitz, en se penchant vers Paul Robin. Pourquoi toujours charger le peuple, l'accuser de tous les crimes ? Sans doute, là comme ailleurs, il y a de mauvaises têtes, mais on y trouve aussi de braves cœurs, et plus peut-être que n'importe où.

Hortense d'Austerlitz était, comme on dit, « payée », ou, plus exactement, payait pour le savoir.

— Je fais partie d'une œuvre, reprit-elle, qui me met en contact avec le peuple. Eh bien, je vous assure que si nous avons la révolution, elle ne viendra pas de lui.

Paul l'écoutait, éberlué, comme un oracle. Hortense d'Austerlitz se revêtait d'une autorité immense, depuis les acclamations de la porte d'Orléans. Il ne savait où donner de la tête. Ses préjugés se trouvaient détruits : une Austerlitz qui exalte le peuple ! Un familier du Tsar qui ne jette pas l'anathème aux bolcheviks !

Le courage l'étonnait toujours, car à ses yeux le courage n'était que de l'imprudence. Et pour montrer de l'imprudence il faut être sûr de soi. Ce Russe devait être un personnage pour oser ne pas condamner ses assassins.

Le comte d'Orgel n'avait aucun parti pris; il ne détestait rien de ce qui ajoute du lustre à une réception. A la phrase d'Hester Wayne, il avait frémi. Ensuite il s'enthousiasma : Voilà un réfugié russe moins ennuyeux que les autres, se dit-il.

Et chacun pensa comme Anne.

On ne se rendait pas compte que Naroumof, par sa mesure même, atteignait au tragique. Mme d'Orgel s'indignait de l'accueil fait à ce drame. Elle souffrait encore plus de voir que Naroumof n'avait aucune prise sur François, et que celui-ci continuait, en compagnie de sa voisine, à s'isoler de la conversation des grandes personnes. En dehors de Mme d'Orgel, seul Mirza voyait en Naroumof autre chose que vivacité d'esprit. Il lui posait des questions précises.

— Vous êtes étonnant, Naroumof, dit Hortense d'Austerlitz, vous n'avez pas changé. Je vous trouve même rajeuni.

— Je n'ai pas changé, dit le prince, mais j'ai tout perdu. J'ai tout perdu, répétait-il d'une voix douce. Que me reste-t-il ? Et il ajouta en riant très haut : il me reste le charme slave.

— Et le charme slave est venu à Paris pour tout oublier, dit Anne, avec la voix des compères de revue.

Fêtons-le, mais ne l'ennuyons pas en l'entretenant du cauchemar bolchevik.

Ce mot atroce tombait d'autant mieux que Naroumof avait insensiblement conduit jusqu'à la fin du dîner. On se levait de table.

Anne annonçait d'un ton péremptoire un changement de spectacle, un autre tableau.

Et ce ne fut qu'en commençant à parler du bal costumé que tout ce monde prit des mines de conférence politique.

François trouvait lourd le rôle que le comte d'Orgel lui faisait jouer dans l'élaboration de cette fête. Anne, ne croyant pas lui pouvoir donner une preuve d'amitié plus grande que de le mettre toujours en vedette, le consultait à propos de rien. Paul, vexé du silence qui l'entourait, ne se doutait pas du bonheur avec lequel François lui aurait cédé sa place.

Tout le monde était d'accord sur ce point, qu'un bal costumé dégénère en carnaval si on ne lui impose pas une directive. Il fallait un sujet d'ensemble. C'était sur ce sujet que l'on s'entendait moins bien. On sentait l'orage dans l'air. Si l'on ne m'écoute pas, pourquoi m'avoir appelé, pensait chacun, prêt à donner sa démission.

Anne d'Orgel se démenait comme un diable, pour ménager ces susceptibles. Mahaut le désespérait. « Je ne suis pas secondé », pensait-il. En effet, Mme d'Orgel, à l'écart des disputes, continuait de s'entretenir avec Naroumof.

Le prince, malgré son désir de se mettre dans la

7

ronde, était un peu étourdi. Il fouillait dans sa
mémoire, cherchait à se rappeler des spectacles frivo-
les, mais des souvenirs moins anciens le replongeaient
dans le noir.

François combattait son énervement, sa fatigue,
décidé, coûte que coûte, à tenir sa place dans cette
conférence. Il agissait de la sorte pour donner le
change au comte d'Orgel. Mahaut le voyait avec
tristesse descendre à ces futilités. Elle montrait un
visage dur. François l'observait : Quoi ! Cette fausse
morte était bien la femme qui l'aimait, qui avait appelé
Mme de Séryeuse au secours ? Il portait sa main à sa
poche, touchait la lettre. Il résistait à l'envie de la
prendre, de la relire. Il tremblait que les mots n'en
fussent effacés, ou qu'ils n'eussent changé.

Hester Wayne, un carnet sur ses genoux, dessinait
des costumes informes. Hortense d'Austerlitz en
improvisait sur elle-même. Elle mettait le salon à sac,
se coiffait d'un abat-jour, essayait mille mascarades
qui réveillèrent en Anne la passion la plus profonde
des hommes de sa classe, à travers les siècles : celle du
déguisement. Le comte d'Orgel pria François de
l'accompagner pour l'aider à descendre des étoffes.
Car pour Anne les dessins restaient lettre morte. Il
était comme ses ancêtres ignorants, qui gagnaient des
batailles, mais n'auraient su déchiffrer une carte.
Tandis qu'il ouvrait des tiroirs, il dit à François :

— Je ne sais pas ce qu'a Mahaut. Ce soir, c'est le
comble.

François se détourna. Pour la première fois, il ne vit
plus en Anne cette espèce de supériorité qu'il lui

accordait d'office. Il le jugea. Il le trouvait puéril. Il le
regardait se charger d'écharpes, de turbans.

Ils redescendirent, et jetèrent les oripeaux sur le
tapis. Les invités se les arrachaient. Ils voyaient dans
ces loques la possibilité de devenir ce qu'ils eussent
voulu être. François les méprisa. Il ne désirait être rien
d'autre que lui-même.

Mme d'Orgel, malgré les prières, s'effaçait. Elle
tenait compagnie à Naroumof. Il avait connu ce salon
sous le règne du feu comte. Il se répétait : « La guerre
a rendu tout le monde fou. »

Au milieu de cette bacchanale improvisée, Anne
d'Orgel perdait la tête. Son visage montrait la fièvre
des enfants excités par le jeu. Il disparaissait, reparaissait plus ou moins applaudi dans des transformations
assez peu variées. Hester Wayne prenait des poses, se
drapait, en nommant des statues célèbres. Comme
personne ne riait, parce que ce n'était pas drôle, elle
put croire qu'on l'admirait.

Nombre de maris, par un manège habile, fussent
moins bien parvenus qu'Anne d'Orgel, par son manque d'à-propos, à mettre des distances entre leur
femme et le danger. Ce manque d'à-propos allait tirer
son bouquet. Car Anne, qui s'était encore éclipsé,
reparut coiffé du feutre tyrolien de Naroumof. Il
esquissait un pas de danse russe. Cette confusion le
folklores, ce chapeau vert à plume de coq, excitèrent le
rire. Seul le prince semblait mal goûter ce numéro.

— Je m'excuse, dit-il. Ce chapeau est à moi. Il m'a

été donné par des amis autrichiens, qui ne pouvaient rien m'offrir d'autre.

Un froid horrible paralysa les rieurs. Dans le tohu-bohu on avait presque oublié la présence de Naroumof. Il prenait maintenant figure de juge, rappelait l'inconscience à l'ordre, réveillait le respect dû au malheur. La folie collective apparaissait. Chacun accusait les autres de l'y avoir entraîné, en voulait encore plus à ceux qui avaient gardé de la mesure.

Mme d'Orgel fut atterrée. Son mari ne se contentait pas de prêter une oreille distraite à Naroumof ; il oubliait, dans une griserie enfantine, les moindres délicatesses du cœur. Elle était d'autant plus atteinte qu'il se diminuait juste au moment où elle avait besoin de le grandir. Qu'Anne se diminuât devant Séryeuse, il était au-dessus de ses forces de le supporter. Que pourrait-elle répondre, si François lui reprochait de sacrifier son amour à un homme aussi puéril ? Il était dur de voir celui dont la seule présence eût dû convaincre François de son crime prendre l'aspect d'un clown.

Mme d'Orgel raisonnait juste. Depuis la chambre aux étoffes, Anne se livrait à François comme le dépeignaient ses ennemis ; mais François souffrait, sachant ce que cette apparence futile cachait de noble et de beau. S'il n'avait encore aimé Anne, il n'aurait eu qu'à se réjouir de cette besogne dont il suivait le résultat dans les yeux de la comtesse d'Orgel.

Le drame se complaît souvent autour des objets les moins significatifs. De quelle signification puissante il aime alors à revêtir un chapeau ! La comtesse lut en

François comme elle comprit qu'il lisait en elle. Elle fit alors un de ces gestes d'autant plus héroïques que leur grandeur ne frappe personne, tant nous préjugeons et tant il nous est difficile d'admettre qu'un feutre tyrolien peut devenir le centre d'une tragédie.

Elle calcula qu'il ne lui restait plus qu'une ressource. Sa répulsion même à l'employer lui prouva qu'elle serait efficace. Il s'agissait de s'associer au geste d'Anne, de devenir sa complice ; en un mot, de répondre silencieusement à François qu'elle n'avait pas trouvé odieux le rôle de son mari.

Aux paroles sèches de Naroumof, elle se leva, se dirigea vers Anne. Elle marchait à la mort.

— Non, Anne, comme ceci, dit-elle, en cabossant le chapeau.

La gêne n'eut plus de bornes. Anne d'Orgel avait du moins l'excuse de son étourderie, de l'excitation. Mais l'acte de la comtesse d'Orgel prouvait une froide volonté de surenchérir, insupportable après les phrases de Naroumof.

Elle avait calculé juste.

« Voilà comment il la déforme ! » se dit François.

Si quelque chose eût été capable d'affaiblir l'amour de Séryeuse, Mahaut eût pleinement récolté le fruit de son sacrifice. Mais elle ne pouvait plus procurer à François que cette tristesse qui augmente l'amour.

De tous, le prince Naroumof fut le plus étonné. Il retint un mouvement de colère. Puis : « Mais non, se dit-il, la chose ne peut pas venir d'elle. » Il avait trop apprécié la comtesse, et son vieil orgueil ne voulait pas s'être mépris.

Ainsi, le seul qui la connût mal tombait juste. Les souffrances avaient affiné Naroumof ; et il était un Russe : deux raisons pour mieux comprendre les bizarreries du cœur. Lui seul était proche de la vérité. Il « brûla » : il devina que Mme d'Orgel avait une raison secrète : « Elle est trop fine pour n'avoir pas eu honte de son mari, se dit-il ; elle est venue prendre sa part de blâme. »

Où Naroumof se trompa, ce fut en y voyant un geste d'amour conjugal.

Ainsi, loin de l'exaspérer, ce geste poussa Naroumof à se dominer. A l'apparition d'Anne d'Orgel il avait été le seul à ne pas rire. Il fut maintenant seul à s'esclaffer.

— Bravo ! s'écria-t-il.

Cette volte-face stupéfia.

Anne, qui avait eu des doutes sur le tact de son entrée, retrouva son assurance. Et le bravo du prince sentait si peu l'ironie que tout le monde respira.

Mahaut s'assit. « On ne peut mépriser plus galamment », pensa-t-elle. Il était au-dessus de ses forces d'imaginer comment François pouvait la juger.

Chacun, comme en cachette, abandonnait ses oripeaux.

— Eh bien, nous n'avons guère travaillé au bal, dit Anne. D'ailleurs, c'est ma faute.

— Vous partez déjà ? dit à Mirza et à sa nièce Mahaut, qui n'aspirait qu'au départ général. Elle eût voulu crier : « Allez-vous-en ! » Elle sentait ses forces fondre. « Pourvu que je ne m'évanouisse pas avant le départ du dernier ! » Ce dernier, ne serait-ce pas François ? Mahaut redoutait de lui offrir le spectacle de sa faiblesse.

Mais le prince Naroumof était leur hôte. Elle ne pourrait lui fausser compagnie immédiatement après la réception, et elle sentait la faiblesse la gagner avec une rapidité folle.

« Pourvu que François parte vite, se répétait Mme d'Orgel, qu'il ne sache rien ce soir, qu'il passe encore une nuit calme. »

Soudain, dans son vertige, la folie de sa prière à Mme de Séryeuse lui apparut. Si sa mère ne lui dit pas la vérité, que dira-t-elle ? Aucune raison ne lui paraissait assez convaincante, pour les séparer, hors leur amour, et encore se prenait-elle à douter de cette raison. « Si Mme de Séryeuse invente, François le sentira, voudra savoir, accourra. »

Mme d'Orgel divaguait. Elle se tenait à peine debout devant Hester Wayne.

A ce moment, du salon voisin, où s'attardait le comte qui accompagnait Mirza, elle entendit le rire de la Persane. Hester Wayne la retint par la taille. Elle tombait. On l'étendit.

Par un réflexe, qui prouvait que, quoi qu'il en pensât, il le considérait encore comme plus autorisé que lui à intervenir, Séryeuse courut au comte d'Orgel :

— Mahaut se trouve mal.

— Allons, bon ! dit Anne d'Orgel.

Il rentra, suivi des autres. Mais Mme d'Orgel était

déjà remise et se raidissait contre une nouvelle défaillance.

— François nous fait de ces peurs, s'écria Anne. Il
vous voyait évanouie !

Tous reconnurent dans cet épisode l'apothéose
d'une soirée si lourde. Hester Wayne détestait Mahaut
depuis qu'on chuchotait sur François et sur elle.

« Il est volage, il en a assez de Mahaut qui est folle
de lui. Il faisait la cour à la nièce de Mirza »,
murmura-t-elle, dans sa médisante simplette, à Paul
Robin, émerveillé par les succès de François.

— François voudrait rester un peu avec vous, dit
naïvement Anne d'Orgel à sa femme, devant les
derniers partants, stupéfaits de cette complaisance.

— Non, non, s'écria Mme d'Orgel. Laissez-moi. Et
comme ce cri pouvait surprendre, elle ajouta en lui
tendant la main :

« Vous êtes trop bon, François, mais je vous assure,
je n'ai besoin que de sommeil. »

— Je prendrai de vos nouvelles demain matin, dit
Séryeuse.

Mahaut le regarda avidement disparaître dans
l'autre pièce, accompagné par Anne.

Paul Robin attendait son ami à l'angle de la rue
froide. Comme François ne lui parla que du bal, il
regretta de n'être pas revenu dans la voiture d'Hester
Wayne.

A son supplice d'entendre la porte se refermer, vint s'ajouter pour Mahaut la certitude qu'elle ne pourrait, comme elle s'était flattée de le faire, se passer d'Anne. Après la scène du chapeau, pensait-elle, François reviendra. Et comme elle sentait le mortel danger de le revoir, il fallait donc que ce fût Anne qui le reçût...

— J'aurai à vous parler ce soir, lui dit-elle, quand il revint.

— J'installe Naroumof et je monte chez vous.

Tandis qu'elle se déshabillait, Mme d'Orgel se trouvait dans cet état où les pensées ne viennent plus au monde, mais seulement des images sans lien. Elle suivait François de Séryeuse dans la rue, arrêtait une voiture avec lui, marchait avec lui sur la pointe des pieds dans l'antichambre de l'île Saint-Louis. François lui avait plusieurs fois parlé de Mme Forbach comme d'une sainte. A la faveur de ces souvenirs, Mahaut s'efforça de penser à son devoir, mais les images prenaient toujours le dessus, et elle voyait, à la place du devoir, ces Forbach, ce couple infirme.

Il semblait incroyable au comte d'Orgel qu'une femme eût à parler à son mari. Sans qu'il soupçonnât ce que pourrait être leur conversation, il n'était guère empressé.

Il tourniquait dans la chambre de Naroumof.

— Vous n'avez besoin de rien ? Vous avez tout ce qu'il vous faut ?

Il descendit dans le salon. Il ramassa les costumes, laissés sur les fauteuils, alla replacer le chapeau de Naroumof dans le vestibule, puis remonta, rangea les étoffes une à une. Il espérait ainsi arriver trop tard, et que Mahaut fût endormie.

Par une de ces ironies dont le sort aime à nous accabler, Mme d'Orgel n'avait jamais attendu Anne avec autant de hâte. Elle souffrait de cette impatience qu'il n'est naturel d'éprouver qu'en face du bonheur. Ce moment tragique des aveux, elle ne pouvait l'attendre, elle eût voulu aller au-devant de lui. Sans doute n'avait-elle plus aucune confiance en elle-même et voulait-elle qu'on la forçât ; mais n'y avait-il pas aussi dans sa hâte un peu de ce besoin instinctif de punir une inconscience dont la scène du chapeau n'avait été qu'une image d'un sou ?

Anne d'Orgel entra. Il s'assit auprès du lit de sa femme.

D'abord, il voulut lui donner, sous une forme enjouée, une véritable leçon.

— Eh bien! qu'est-ce que cela? s'évanouir devant le monde? C'est d'un effet désastreux, ne pouviez-vous prendre sur vous?

— Non. Je suis à bout de forces, je ne peux plus continuer seule.

Un jour d'aveux bien innocents, le jour où François lui avait serré le bras, on se rappelle que Mahaut avait menti, sans prendre part à son mensonge, et pour ainsi dire entraînée par le courant du langage. Fut-ce, par un phénomène du même genre qu'elle dévida d'un seul trait, et sur le ton du reproche, ce qu'elle eût dû s'arracher mot par mot, en souhaitant de mourir en route?

On pourrait simplement conclure, devant cette scène, qu'un courroux inexplicable poussait Mme d'Orgel à de gênantes méchancetés. Ce fut presque de cette façon que l'entendit Anne. Devant la placidité de Mahaut, il se disait que les gens en colère ont souvent cet air calme. Le calme, hélas! venait de plus loin. Ayant eu le temps de s'habituer à l'idée qu'elle aimait François, elle se rendait mal compte de ce qu'une révélation pareille pouvait produire. Ce fut ce qui lui permit de parler net. A cause de cette netteté, de cette sécheresse, le comte d'Orgel ne comprit pas. Elle s'en aperçut, s'affola. On est malhabile en face d'un incrédule. Devant l'incompréhension de son mari, la comtesse, qui s'était promis de s'accuser seule, éclata. Et parce qu'elle renforçait son aveu de griefs qu'Anne jugea chimériques, l'aveu, comme le reste, apparut faux à son mari.

Que se passait-il chez Anne d'Orgel ? Croyait-il Mahaut, et ses sentiments étaient-ils paralysés par une douleur trop forte ? En tout cas, il ne sentait rien. Il lui sembla que tout lui était égal, qu'il n'aimait pas Mahaut.

Elle se tordait les mains, suppliait.

— N'ayez pas cette figure incrédule. Ah ! si vous sentiez quelle cruauté est la vôtre en m'obligeant à vous convaincre d'une chose dont j'ai un tel désespoir !

Elle s'exténuait, s'enrouait à se charger, à appuyer sur les détails qui peuvent faire le plus de mal. Désespérant d'être entendue de son cœur, elle tenta de blesser plus directement l'orgueil du comte. Elle lui dit qu'il avait eu envers Naroumof une conduite inqualifiable, et lui dévoila sa fausse complicité.

Si Anne d'Orgel s'était tu jusque-là, admettant, au besoin, sa maladresse dans les choses du cœur, il prétendait remplir incomparablement son métier mondain. Mahaut visa donc juste. Mais ce fut aussi à cause de cette prétention qu'il décida de rester raisonnable, mesuré, coûte que coûte, quoi que pût dire Mahaut, et pour ne pas lui ressembler.

— Tenez, dit-il, vous êtes malade, nerveuse, méchante. Vous ne savez de quoi vous parlez. Je connais Naroumof ; il aurait été incapable de me cacher son humeur, s'il en avait eu. Nous nous sommes séparés le mieux du monde.

Il continua :

— Vous êtes une enfant, et, voyez-vous, toutes ces

idées-là viennent de ce que vous n'avez pas été élevée, scanda-t-il presque avec morgue. Pardonnez-moi, Mahaut; je trouve risible que vous vous mêliez de m'apprendre ce que je sais mieux que personne. Vos reproches à propos de Naroumof m'enseignent, si je ne le savais déjà, que toutes vos peurs sont aussi vaines, aussi sottes... Vous avez la fièvre, vous regretterez cette scène au réveil.

Il se leva.

Mahaut se dressa à moitié hors du lit et le retint par sa manche avec une force qu'elle ne se soupçonnait point.

— Quoi! vous partez? vous allez partir?

Décidé à ne pas sortir de lui-même, Anne d'Orgel se rassit, en soupirant. Mahaut admit alors que peut-être, derrière cette façade, il y avait en Anne un homme qui souffrait. Et une réponse qui lui avait été dictée par la rébellion, elle la fit d'un ton humble :

— Eh bien, ces idées sont si peu vaines que j'ai écrit à Mme de Séryeuse. Elle est venue. Elle sait tout. Elle n'a pas estimé que c'étaient des enfantillages.

— Vous avez fait cela! bégaya-t-il.

On sentait si bien l'indignation, la colère dans cette voix, que Mme d'Orgel eut enfin peur. Elle fut sur le point de se justifier.

On sait qu'il était dans le caractère du comte d'Orgel de ne percevoir la réalité que de ce qui se passait en public. Ne comprit-il qu'à ce moment, et à cause de la lettre à Mme de Séryeuse, que Mahaut ne lui avait point menti, qu'elle aimait François? Anne, que cette scène avait laissé froid, admit qu'il allait

peut-être avoir mal. Il eut peur, moins de la souffrance
que des gestes qu'elle lui ferait accomplir. Il pressentit
que peut-être il ne considérerait pas toujours cet aveu
comme il persistait de le faire : une inconvenance qui
tirait sa gravité d'avoir été publiée. Contrairement aux
autres hommes qui se laissent aller à ce qu'ils éprouvent, et songent ensuite aux moyens d'empêcher le
scandale, le comte allait professionnellement au plus
pressé, c'est-à-dire qu'il exploitait son choc, son hébé-
tude, et, commençant par la fin, gardait pour la suite
et pour le moment où il serait seul les angoisses du
cœur.

Enfin, il semblait comprendre ! Mahaut voyait bien
que sa phrase avait porté. Attendant et souhaitant une
tempête, elle ferma les yeux. Mais Anne regrettait déjà
d'avoir pu, par des mots prononcés plus fort que les
autres, sortir de son cérémonial. Mahaut, tremblante,
l'entendit donc qui disait d'une voix très douce :

— C'est absurde... Il faut que nous cherchions un
moyen de tout réparer.

Il y avait entre ces deux êtres une grande distance.
Elle rendait impossible à Mahaut de saisir le mécanisme qui amenait cette douceur. Elle se coucha
doucement sur son oreiller, comme dans ces rêves qui
se terminent par une chute. Ces sortes de chutes
réveillent. Elle se réveilla, se redressa. Elle regardait
son mari, mais le comte d'Orgel ne vit pas qu'il avait
devant lui une autre personne.

Mahaut regardait Anne, assise dans un autre
monde. De sa planète, le comte, lui, n'avait rien vu de
la transformation qui s'était produite, et qu'au lieu de

s'adresser à une frénétique, il parlait maintenant à une statue.

— Allons ! Mahaut, calmons-nous. Nous ne vivons pas ici dans les Iles. Le mal est fait, réparons-le. François viendra au bal. Et peut-être serait-il bon que Mme de Séryeuse vînt aussi.

Puis, l'embrassant sur les cheveux, et prenant congé d'elle :

— François *doit* faire partie de notre entrée. Vous lui choisirez un costume..

Debout dans le chambranle de la porte, Anne était beau. N'accomplissait-il pas un devoir d'une frivolité grandiose, lorsque, sortant à reculons, il employa, sans se rendre compte, avec un signe de tête royal, la phrase des hypnotiseurs :

— Et maintenant, Mahaut, dormez ! Je le veux.

DOSSIER

REPÈRES BIOGRAPHIQUES

1903 *18 juin :* naissance de Raymond Radiguet à Saint-Maur. Aîné de sept enfants, il est le fils d'un dessinateur humoriste, Maurice Radiguet.

1909 Raymond entre à l'école communale où, pendant cinq ans, il se conduira en élève modèle.

1914 Lycée Charlemagne : les résultats sont moins brillants. Raymond manque souvent les cours et son père essaie en vain de le faire travailler à la maison. Il préfère lire, dans un bateau, au bord de la Marne, les ouvrages de la bibliothèque paternelle. Il commence à griffonner des vers.

1917 *Avril :* en rentrant de Paris, le lycéen rencontre, sur l'impériale du train de la Bastille, une jeune femme, Alice, qui voyage avec son père. Ils se revoient les jours suivants. Commence l'aventure qui donnera *Le Diable au corps.*

1918 A *L'Intransigeant,* où il porte les dessins de son père, Radiguet fait la connaissance d'André Salmon. Il lui montre quelques poèmes signés Raimon Rajky. Salmon est frappé par leur heureuse discrétion, leur « exquise sobriété ».
6 mai : publication du premier poème dans *Le Canard enchaîné.* Radiguet abandonne ses études pour le journalisme. Il écrit de petits reportages à *L'Éveil* et à *L'Heure,* puis devient secrétaire de rédaction au *Rire* pendant six mois.
Juin : collabore avec Salmon à la revue *Sic.* Envoie ses vers à

Apollinaire, qui croit à une mystification et la lui reproche durement. Il est plus heureux avec Max Jacob qui, enthousiasmé par les poèmes (et peut-être séduit par leur auteur), le présente à ses amis. Il fréquente les cafés de Montmartre et de Montparnasse, découvre la « bohème » littéraire.

Puis, c'est — difficile à dater — la rencontre décisive avec Cocteau, qui adopte aussitôt Radiguet. Les deux amis deviennent inséparables. Renonçant à rentrer le soir à Saint-Maur, Radiguet s'installe, près de son protecteur, dans un petit hôtel du quartier de la Madeleine.

Le cercle de ses relations s'élargit des écrivains aux musiciens, aux peintres, des « artistes » aux gens du monde.

1919 *8 juin :* Radiguet participe à une matinée poétique à la mémoire d'Apollinaire, organisée par Max Jacob. Il y récite des poèmes. Correspond avec Tzara et Breton. Collabore à *Littérature* et à *Aujourd'hui.* Commence *Le Diable au corps.*

1920 *20 février :* représentation, à la Comédie des Champs-Élysées, du *Bœuf sur le toit,* pantomime composée par Radiguet, Cocteau et Darius Milhaud.

Avec Cocteau, Auric, Poulenc et Satie, Radiguet fonde une revue, *Le Coq,* qui ne paraîtra que quelques mois (mai-novembre). Il collabore aux *Écrits nouveaux,* au *Gaulois,* aux *Feuilles libres.* Écrit une comédie, *Les Pélican.* Prépare avec Cocteau et Satie, un opéra-comique tiré de *Paul et Virginie,* dont il écrit principalement le troisième acte et les chansons. Le projet n'aboutit pas : Satie mourra avant d'avoir pu composer la musique.

Publication d'un recueil de poèmes, *Les Joues en feu,* chez François Bernouard.

Avec Cocteau et ses amis, Radiguet commence à fréquenter le bar de Louis Moysès, *La Gaya,* rue Duphot. On y rencontre aussi le comte Étienne de Beaumont (futur modèle d'Anne d'Orgel), la princesse Murat (qui deviendra Hortense dans le *Bal*), la comtesse Anna de Noailles.

Début de la liaison avec Béatrice Hastings, ancienne maîtresse et modèle de Modigliani. Aventure orageuse, mal supportée par Cocteau, et qui durera deux ans.

1921 Séjour à Carqueiranne, où Radiguet écrit *Denise,* une nouvelle.
23 mai : Cocteau, Poulenc et Radiguet présentent, au théâtre
Michel, une « critique bouffe » : un gendarme déclame, en
guise de procès-verbal, des pages de Mallarmé que personne
ne reconnaît. Au cours de la même soirée, la pièce *Les Pélican*
est jouée pour la première fois devant une salle « consternée »
(Cocteau).
Radiguet participe aux « dîners du samedi » organisés par
Cocteau.
Vacances au Piquey avec Cocteau. Radiguet écrit *Le Diable au
corps.*
Après la fermeture de *La Gaya,* Moysès décide d'ouvrir, rue
Boissy-d'Anglas, un nouveau bar, *Le Bœuf sur le toit.*
Publication de *Devoirs de vacances,* recueil de poèmes, aux
éditions de la Sirène et de *Les Pélican* aux éditions de la Galerie
Simon.

1922 *10 janvier :* inauguration du *Bœuf sur le toit,* où la bande tiendra
désormais ses assises nocturnes. Radiguet, qui a fait une fugue
avec le sculpteur Brancusi, n'y assiste pas.
23 février : Bernard Grasset, alerté par Cocteau, écrit à
Radiguet pour lui demander le manuscrit du *Diable.* Radiguet
vient le voir le 3 mars avec Cocteau, qui donne lecture des
premières pages du roman. Le jour même, Grasset signe un
contrat assurant à Radiguet une mensualité de 1 500 francs
pendant deux ans ; mais il lui demande de revoir son roman,
auquel manque la fin.
31 mars : Radiguet lit *Le Diable au corps* à ses amis à
Fontainebleau.
Mai : Radiguet et Cocteau prennent pension au Grand Hôtel
du Lavandou, qu'ils quitteront ensuite pour la villa Croix
fleurie, à Pramousquier. Il achève le *Diable,* écrit un premier
jet du *Bal* et commence à corriger son manuscrit en le
recopiant.
A la fin de la même année, Grasset lit la version remaniée du
Diable au corps, sur laquelle il demande à Radiguet quelques
modifications supplémentaires.

1923   *10 mars :* sortie du *Diable au corps,* précédée d'une campagne de
publicité tapageuse.
3 mai : en présence de Radiguet, Cocteau prononce au Collège
de France une allocution : *D'un ordre considéré comme une anarchie.*
15 mai : Radiguet reçoit le prix du Nouveau Monde.
S'installe à l'hôtel Foyot, rue de Tournon. Commence à classer
ses poèmes et ses notes. Met de l' « ordre » dans sa vie.
10 juillet : la bande prend ses quartiers d'été à l'hôtel
Chantecler, au Piquey. Auric tape le manuscrit du *Bal.*
Nouvelle révision du roman avec Cocteau.
Octobre : de retour à Paris, Radiguet remet le manuscrit
corrigé du *Bal* à Grasset. Il vit maintenant avec Bronia
Perlmutter, qu'il envisage d'épouser. Les premières épreuves
du roman sont tirées à la fin du mois. Quelque temps après,
Radiguet, saisi de frissons, doit s'aliter. Il a contracté une
typhoïde au Piquey, mais on ne s'en aperçoit pas tout de suite.
12 décembre : transporté trop tard dans une clinique de la rue
Piccini, Radiguet y meurt seul, à 5 heures du matin.

1924   *1ᵉʳ juin :* publication, dans la *Nouvelle Revue Française,* de la
première livraison du *Bal.* Grasset, estimant que le texte de
présentation n'est pas assez enthousiaste, envoie une lettre très
dure à Jacques Rivière, qui réplique sur le même ton. Il est, un
moment, question d'un duel.
Juillet : *Le Bal du comte d'Orgel* paraît chez Grasset.

LE *BAL* DANS TOUS SES ÉTATS

Il n'est pas rare qu'une œuvre romanesque subisse, entre le premier jet et sa forme définitive, une mutation profonde. Ce qui fait du *Bal* un cas peu banal, et peut-être unique, c'est d'abord la rapidité avec laquelle s'accomplit cette mutation. C'est surtout que l'auteur n'est pas le seul maître du jeu. Du début jusqu'à la fin, Cocteau a pris une part active à la rédaction du roman. Il l'a encore corrigé après la mort de Radiguet. Si bien qu'on peut se demander ce qui, dans le texte final, appartient à l'un et ce qui appartient à l'autre. Jusqu'à ces dernières années, dans l'ignorance des versions successives, on en était réduit aux conjectures. Les travaux menés par deux universitaires, Mme Nadia Odouard et M. Andrew Oliver, permettent aujourd'hui de résoudre ce problème d'histoire littéraire [1].

Du Fantôme du devoir *au* Bal du comte d'Orgel

Mai 1922 : Radiguet s'installe avec Cocteau au Grand Hôtel du Lavandou, où ils sont bientôt rejoints par quelques membres de la

1. Les informations qui suivent sont puisées dans la thèse complémentaire de Mme Odouard et dans l'article de M. Oliver, « Cocteau, Radiguet et la genèse du *Bal* », *Cahiers Jean Cocteau*, n° 4, Gallimard, 1973. J'ai utilisé également l'introduction à la future édition critique, rédigée conjointement par Mme Odouard et par M. Oliver, que les auteurs ont bien voulu me communiquer. Si la présente édition, qui n'a rien de scientifique, pouvait hâter la publication de la leur, j'en serais heureux.

« bande ». Radiguet revoit la fin du *Diable au corps*. C'est vraisemblablement au début de juillet qu'il entreprend la rédaction de son
deuxième roman, à partir de fiches accumulées pendant l'année
précédente. Les commentaires de Cocteau sont immédiatement
enthousiastes : « Le nouveau livre de Radiguet part d'une façon
prodigieuse. C'est sur le gratin : plus beau que Proust et plus vrai
que Balzac[2]. » La première partie du roman, historique et généalo-
gique, semble achevée lorsque les deux amis se transportent du
Lavandou, trop bruyant, à la villa Croix fleurie, à Pramousquier.
Là, le travail s'accélère. Le 17 août, Cocteau écrit à sa mère :
« Radiguet nous a lu les 100 premières pages de son livre. C'est une
merveille. Il y a l'historique d'une famille de colons à la Martinique,
d'une drôlerie, d'une poésie, d'une vérité incomparables. » Les
lettres qui suivent montrent que Cocteau (qui, pendant ce temps,
corrige *Le Grand Écart* et commence *Thomas l'imposteur*) suit jour
après jour la rédaction du roman. Les éloges ne tarissent pas :
« C'est sans conteste un des plus beaux romans qui existent.
[Radiguet] a réussi, après le roman du cynisme venant de l'extrême
jeunesse, le roman de la pureté. Le caractère de femme est
admirable. Je suppose que ce roman déplaira, étonnera à une
époque où la pureté n'est plus de mise. » Au début d'octobre, le
travail approche de son terme : le 12, Radiguet écrit à Valentine
Hugo qu'il ne lui reste plus à écrire qu'une trentaine de pages ; le
roman en aura quatre cents. De fait le mot « fin » est écrit le
18 octobre, comme l'indique la dernière page du manuscrit.

Radiguet commence aussitôt à recopier son livre. En même temps
il le remanie, tenant compte de diverses suggestions ou critiques qui
lui ont été faites par Cocteau. Il avait déjà travaillé de la même façon
pour *Le Diable au corps* : la rédaction initiale n'est qu'un premier jet,
écrit à la hâte, où abondent les maladresses, les incorrections, les
incertitudes. Après, on récrit et, le cas échéant, on élimine. Cette
révision d'ensemble est-elle achevée lorsque Radiguet et Cocteau
rentrent à Paris le 9 novembre ? C'est vraisemblable, ce n'est pas
certain. Le roman, en tout cas, est toujours à l'état de manuscrit. Au

---

2. Lettre du 15 juillet à Mme Cocteau.

cours de l'hiver, Radiguet, accaparé par le lancement du *Diable au corps* et par les mondanités, n'aura guère le temps d'y toucher. Il faudra attendre les vacances suivantes pour qu'il se remette au travail.

Le 10 juillet 1923, Radiguet et Cocteau arrivent à l'hôtel Chantecler, au Piquey, près d'Arcachon. Dans une lettre du 13, Radiguet annonce à son père qu'il corrige le *Bal* qui « sera un bien long roman ». C'est la première fois que le titre définitif de l'ouvrage est mentionné. La couverture du premier cahier manuscrit portait : *Le Fantôme du devoir*[3]. Deux jours plus tard, Georges Auric, attendu « comme le Messie », arrive avec sa machine à écrire et commence à dactylographier le texte, sous la dictée de l'auteur. Toute la « bande » est là, et le travail prend un air de fête : « Auric tape, Radiguet dicte. Un soleil merveilleux mélange tout cela au bruit des cigales et de l'eau[4]. » Le 3 octobre, Radiguet peut enfin lire son livre à Valentine Hugo sur le balcon de l'hôtel. « J'écoutais de ma chambre », écrit Cocteau à sa mère. « C'est extraordinaire. D'une grandeur, d'une magie incomparables : on pense à la phrase du duo de *Don Juan*, au quintette de *Cosi fan tutte*. »

Pourtant, Radiguet n'est pas complètement satisfait, et Cocteau, malgré ses éloges dithyrambiques, ne l'est pas non plus. Une lettre du 16 août nous apprend que le début va être remanié. Un peu plus tard, vraisemblablement dans les premiers jours de septembre, Cocteau écrit : « Il faut que Radiguet récrive tout son roman avant la caserne où il n'aura plus une minute de calme[5]. » Il s'agit moins, en fait, d'une rédaction nouvelle que d'un travail de « nettoyage ». Mené en étroite collaboration par les deux amis, il est achevé lorsqu'ils rentrent à Paris au début d'octobre. Le manuscrit est remis à Bernard Grasset, qui le donne aussitôt à composer. Radiguet reçoit les premières épreuves à la fin du mois. Mais il n'aura pas le temps de les corriger. C'est Cocteau qui, après sa mort, se charge de

---

3. Si l'on en croit les déclarations ultérieures de Cocteau, c'est lui qui aurait décidé, finalement, du choix du titre.
4. Lettre de Cocteau à sa mère, 25 juillet.
5. Âgé de vingt ans, Radiguet doit, en effet, partir pour le service militaire. Grâce à une intervention de Grasset, il obtiendra un sursis.

le faire, avec Joseph Kessel. Le texte revu par eux paraît en juillet 1924.

Bien lancé par Grasset, qui a mobilisé tous les amis de Radiguet et envoyé des bonnes feuilles aux plus grands critiques, le *Bal* obtient un vif succès. Mais, très vite, le bruit se répand que le livre a été abondamment revu par Cocteau. Certains, comme Eugène Mont-fort, vont jusqu'à laisser entendre qu'il pourrait être le véritable auteur du roman. Malgré l'immédiate contre-offensive lancée par l'intéressé et ses amis, le doute subsistera longtemps.

Les versions successives

C'est à Mme Odouard que revient le mérite d'avoir, la première, éclairci cette affaire de paternité littéraire en produisant quatre versions du *Bal*.

1. La première version, dite M 1 [6], a été retrouvée dans les papiers que conserve, à Saint-Maur, le frère de l'écrivain, M. René Radiguet. Elle se compose de quinze cahiers manuscrits, numérotés sur la couverture, mais non paginés. Il s'agit, de toute évidence, du « premier jet » écrit au Lavandou, puis à Pramousquier. On y trouve, en marge du texte, des dessins, des indications de rendez-vous, des fragments de poèmes. On peut y lire en outre quelques remarques et des indications au crayon, écrites de la main de Cocteau. Les cahiers 3 et 4 manquent.

« Ce manuscrit est un brouillon très difficile à déchiffrer », note Mme Odouard. « Surcharges, corrections, additions se chevauchent pour former un vrai grimoire. Quelques pages seulement sont mises au net... Certaines pages font double emploi avec d'autres, plus particulièrement dans l'introduction. La plupart des feuillets portent des corrections autographes parfois très brèves et parfois considéra-bles... De nombreuses retouches ne sont pas fondues dans le texte initial, ce qui incite à croire que ce n'étaient que des projets, voire des ébauches. »

Mme Odouard s'est attachée patiemment à reconstituer M 1. C'est

6. Je reprends ici la numérotation de Mme Odouard.

ce texte, essentiel pour comprendre la genèse du roman, qu'elle compte publier sous le titre *Le Fantôme du devoir*[7].

2. Georges Auric a conservé un double du texte dactylographié par ses soins en juillet et août 1923. Cette deuxième version (M 2), beaucoup plus courte et plus proche du texte définitif, permet de mesurer le chemin considérable parcouru depuis M 1. Toutefois, un mystère subsiste. Il n'est pas vraisemblable que Radiguet ait pu dicter le texte à partir de son « brouillon » initial. On ne peut pas imaginer non plus qu'il l'ait récrit en deux jours, entre le 13 et le 15 juillet. Il faut donc supposer l'existence d'un manuscrit intermédiaire correspondant au travail de « recopiage » auquel Radiguet se livre à la fin de l'été 1922, et peut-être au-delà. Ce manuscrit a-t-il été détruit ? Ou se trouve-t-il, comme le suggère M. Oliver, entre les mains d'un collectionneur qui préfère le garder pour lui ? Toujours est-il qu'un chaînon manque ici. Sa disparition nous empêche de faire le départ entre les corrections qui ont été apportées dès 1922 et celles qui ont pu accompagner le travail de dactylographie.

3. La version M 3, conservée par Cocteau, se trouve aujourd'hui entre les mains de M. Édouard Dermit, à Milly-la-Forêt[8]. Il s'agit du même texte, abondamment corrigé. Les neuf premiers feuillets sont manuscrits. Auric ayant achevé son travail vers la mi-août 1923, Radiguet, nous l'avons vu, décide de refaire le début du roman et de procéder à une nouvelle révision d'ensemble. Cette fois, Cocteau ne se contente pas de donner des conseils ou d'écrire, en marge, des suggestions ; il met lui-même la main à la pâte. Son écriture ressemblant à celle de Radiguet, il n'est pas toujours facile de les distinguer. Heureusement, les deux compères emploient des encres différentes, ce qui aide à faire la part du travail de chacun. Sur les 203 feuillets que compte la copie, les 140 premiers ont fait l'objet d'une double correction. Radiguet a corrigé seul les 60 derniers.

Quoique ce texte, à force d'être ainsi surchargé, devienne par endroits difficilement lisible, les noms des typographes portés en marge confirment qu'il s'agit bien de la copie remise à l'éditeur en

---

7. A paraître aux éditions Minard, Les Lettres modernes, dans la collection « La Bibliothèque introuvable ».
8. Ainsi que les « notes romanesques » déjà mentionnées.

octobre 1923. Elle représente donc, aux yeux de Radiguet, qui a approuvé toutes les corrections de Cocteau, une version quasiment définitive. C'est elle qui constituera le deuxième volume de l'édition critique annoncée par Mme Odouard et M. Oliver [9].

4. Après la mort de Radiguet, Grasset a fait tirer, à titre commémoratif, un jeu de vingt épreuves du *Bal* « en l'état exact laissé par l'auteur et avant toutes corrections, même typographiques ». Ces épreuves étaient destinées aux amis personnels de Radiguet. Je n'ai pu en retrouver la trace. Le libraire Bernard Lolliée, qui en a eu un exemplaire entre les mains au début des années 1970, l'a revendu à un collectionneur anonyme. Mais Mme Odouard a pu en prendre une photocopie. C'est la version M 4. Elle ne diffère de M 3 que par quelques fautes de lecture mineures, à l'exception d'un passage que Radiguet avait, non sans hésitation, barré et que Grasset rétablit. Il sera de nouveau supprimé par Cocteau dans l'édition définitive.

L'importance des remaniements

L'examen des versions successives est très instructif. Il permet de mesurer l'ampleur du travail de révision effectué du vivant de Radiguet, soit par Radiguet lui-même, de sa propre initiative ou sur le conseil de Cocteau, soit par Cocteau avec l'accord de Radiguet.

1. On observe d'abord, dès M 1, une modification d'importance : Radiguet commence son roman en employant la première personne, comme dans *Le Diable au corps*. A partir du cahier n° 2, le narrateur impersonnel prend définitivement la place du « je ».

Il existe deux versions différentes du début de M 1. La plus longue est présentée comme un souvenir d'enfance. Le héros qui dit « je » (ultérieurement, il s'appellera René, avant de devenir François) rencontre au jardin du Luxembourg la négresse Marie qui lui parle longuement de sa jeune maîtresse, Mahaut. Après quoi, sans transition, il passe à un long historique de la famille Grimoard et au récit de ses premières rencontres avec Mahaut, mariée au comte de

9. A paraître également aux éditions Minard, Les Lettres modernes.

Marolles (qui deviendra ensuite Anne d'Orgel). Toute cette introduction disparaîtra de M 2 [10].

Les remarques de Cocteau en marge du manuscrit ont été, presque toutes, scrupuleusement suivies. Elles incitent en général Radiguet à resserrer son texte. De fait, entre M 1 et M 2, le roman subit une réduction considérable. Des épisodes entiers sont supprimés. Par exemple, un long passage où le narrateur suivait son héros dans les cafés parisiens a été rayé dès l'été 1922 (il correspondait probablement aux cahiers 3 et 4). Ont disparu également la scène où René raconte à son amie Simone son amour pour Mahaut, celle où les Orgel raccompagnent René en voiture, avec les réflexions qui en résultent pour chacun. Le rôle des personnages secondaires (la négresse Marie, Paul Robin) est sensiblement réduit. Il en va de même pour les « portraits » : celui de Mme de Séryeuse, par exemple.

Beaucoup de corrections portent sur des points de détail : Radiguet supprime une image banale, une généralisation hâtive. Il modifie tel propos, tel geste pour les rendre plus conformes à la psychologie du personnage. La plupart du temps, il réduit, élague, au risque de devenir elliptique.

Dans quelle mesure ces suppressions, ces corrections modifient-elles l'esprit du roman ? *Le Fantôme du devoir* est-il très différent du *Bal du comte d'Orgel* ? Il faudra attendre la publication de la première version pour répondre de façon ferme à cette question. Mais d'ores et déjà, à travers les indications fournies par Mme Odouard et les variantes qu'elle cite, on entrevoit un roman beaucoup plus riche, plus touffu, plus composite aussi. La pureté y semble moins désincarnée que dans la version finale. L'amour de Mahaut et de René s'affirme sensiblement plus tôt. Les réactions des personnages sont plus violentes, la dimension sociale de l'histoire plus marquée. En supprimant, Radiguet a aussi beaucoup atténué. Sans doute parce que Cocteau l'y poussait. Probablement aussi parce qu'il a découvert lui-même, en cours de route, l'originalité de son projet : il fallait estomper le décor, styliser les personnages pour faire porter

10. Mme Odouard a publié une partie de ce début, ainsi que le texte de diverses scènes supprimées, dans son livre, *Les Années folles de Raymond Radiguet*.

l'intérêt essentiel sur le « romanesque psychologique ». L'analyse est devenue peu à peu plus importante à ses yeux que l'histoire elle-même.

2. On pourrait penser qu'après cette première révision, au cours de laquelle près de la moitié du texte initial a disparu, l'essentiel de la tâche est achevé, et qu'il ne reste plus qu'à polir la forme. Pourtant les corrections de M 3 sont très nombreuses. Beaucoup constituent de simples améliorations de style. On ne relève plus de coupure importante concernant une scène ou un épisode déterminés. Mais le travail de resserrement se poursuit. Le rôle des personnages secondaires est encore réduit, certaines réactions de Mahaut et de François sont atténuées. Le texte est allégé d'explications et de commentaires superflus, la langue devient plus précise, plus nerveuse. De nombreux passages sont complètement récrits et on ne note pratiquement aucune addition. Enfin, Radiguet refait le dénouement, qui avait été déjà remanié une première fois entre M 1 et M 2. Cocteau lui avait suggéré de marquer plus nettement l'opposition entre « le devoir » et « les devoirs ». C'est ce qui est fait dans M 2, mais finalement Radiguet ne conserve que l'allusion au « devoir d'une frivolité grandiose » accompli par Anne, pour amener la « phrase des hypnotiseurs » qui, selon toute probabilité, est de Cocteau.

Mais l'intérêt principal de la version M 3 est surtout de nous permettre d'apprécier, par comparaison avec l'édition originale du *Bal*, l'importance des corrections posthumes de Cocteau et de ses amis.

Le rôle de Cocteau

1. Il est, on vient de le voir, considérable. *Le Fantôme du devoir* (sous réserve de la suppression des cahiers 3 et 4) appartient à Radiguet et à lui seul. Les deux versions suivantes résultent d'une collaboration quotidienne entre Radiguet et Cocteau. Nul ne peut douter que l'auteur de *Thomas l'imposteur*, par ses interventions personnelles autant que par ses conseils, ait été l'instigateur, le guide constant d'un travail qui aboutit à la réécriture complète du roman.

Nous devons garder ce fait présent à l'esprit lorsque nous examinons la version publiée en 1924. En corrigeant les épreuves, Cocteau était certainement persuadé qu'il ne faisait que donner le coup de pouce final.

Pourtant, entre M 3 et l'édition originale, M. Oliver a relevé plus de mille changements. De son côté, Mme Odouard, examinant à la loupe les cinquante premières pages, constate que les correcteurs leur ont apporté deux fois plus de modifications que Radiguet n'en avait fait lui-même précédemment. Pourquoi alors, quand la polémique éclate, se défendent-ils si énergiquement d'avoir touché au texte ? Cocteau, dans sa préface, ne fait aucune allusion à son propre rôle : « Ce *Bal*, [Radiguet] en recevait les épreuves, dans la chambre d'hôtel où la fièvre le dévora. Il se proposait de n'y apporter aucune retouche. » Mis en cause, Kessel oppose à la rumeur un démenti catégorique : « Aussi me sera-t-il permis, ayant assisté sur la demande de ses amis et de son père, à la révision des épreuves de Raymond Radiguet, de dire que rien ne fut changé au texte primitif, et que les seules corrections furent d'ordre purement matériel et grammatical. »

C'est qu'il faut défendre le génie de Radiguet. Grasset y a intérêt en tant qu'éditeur. Et Cocteau, qui a « inventé » Radiguet (au sens où inventer veut dire aussi découvrir), tient à maintenir jusqu'au bout la fiction que le *Bal* est entièrement de son protégé. Pour rendre cette fiction plus crédible, on laissera entendre que Radiguet avait lui-même commencé à corriger les épreuves, ce qui est d'ailleurs contradictoire avec le propos de Cocteau. Dans un article écrit vingt ans après la mort du romancier, Grasset ira encore plus loin. D'après ses souvenirs, Radiguet aurait jugé son ouvrage « imparfait ». « Il me parla de certains " mots provisoires " qui figuraient dans le texte qu'il m'avait montré peu avant. Et cela comme s'il se fût agi pour moi de donner à son texte sa forme définitive [11]. » Ce qui laisse évidemment la porte ouverte à toutes les hypothèses.

2. L'étude des variantes à laquelle a procédé Mme Odouard l'amène à distinguer un grand nombre de corrections d'ordre

11. « Radiguet le taciturne », *Comœdia,* 11 décembre 1943.

purement grammatical, qui, dans la plupart des cas, ne portent aucune atteinte à la pensée de l'auteur; quelques additions mineures; beaucoup de suppressions portant soit sur les mots, soit sur des phrases entières, voire des paragraphes; et de nombreuses substitutions de mots.

On ne chicanera pas Cocteau sur la grammaire. En revanche, le remplacement d'un mot par un autre ne s'impose pas toujours. Il est, le plus souvent, inspiré par le goût personnel de Cocteau ou par un souci de purisme discutable. C'est le cas lorsque le correcteur change systématiquement le temps des verbes, remplace « c'est » par « ce fut » ou « c'était », élimine bon nombre de conjonctions pour accentuer le caractère discontinu du récit. Dans la note reproduite par Cocteau en tête du *Bal,* Radiguet définit ainsi le style : « Genre mal écrit comme l'élégance doit avoir l'air mal habillée. » Il est évident, et M. Oliver a raison de le souligner, que beaucoup des corrections apportées sur épreuves [12] visent à faire du *Bal* un roman « bien écrit ». Dans cette mesure, elles trahissent Radiguet.

Mais ce qui fait problème, ce sont surtout les suppressions. J'ai noté personnellement plus de quarante suppressions de paragraphes, de phrases ou de membres de phrases dans le seul premier chapitre. Il est vrai que la cadence va en diminuant par la suite. Quand ces coupures visent à alléger encore le texte de détails inutiles, purement anecdotiques par exemple, on peut les admettre. Mais nombre d'entre elles sont fâcheuses, comme d'ailleurs certaines corrections, apparemment mineures, qui en modifient le sens [13]. On a le sentiment que Cocteau a dû travailler assez vite. Radiguet n'étant plus là pour discuter ses initiatives et éventuellement les refuser, il a dû, au fil de sa relecture, se laisser aller tout naturellement à imprimer ici ou là au texte sa marque personnelle, à tirer encore un peu plus vers lui le roman.

---

12. On parle toujours de Cocteau. Mais c'est peut-être ici Grasset qu'il faudrait incriminer : son « purisme » était proverbial et il ne se privait pas de corriger d'autorité les livres qu'il publiait.

13. J'ai cité dans ma préface l'exemple de la phrase sur la « sœur cadette ». Je donne plus loin quelques exemples de coupures fâcheuses.

3. Cet argument justifierait à lui seul la publication d'une édition critique reproduisant M 3 avec les variantes. Peut-être, comme l'affirme Grasset, Radiguet n'était-il pas complètement satisfait de son texte. Mais le fait qu'il l'ait remis à l'éditeur autorise à penser qu'il n'envisageait plus de le retoucher. Puisque nous avons la chance d'en posséder une copie, il est normal que, soixante ans après la mort de Radiguet, on la révèle enfin au public.

Faut-il pour autant jeter la pierre à Cocteau ? Lorsque M. Oliver écrit qu'on ne peut donner une interprétation sérieuse du *Bal* d'après l'édition originale, car « son texte est en tous points suspect », je le trouve bien excessif. Les modifications de loin les plus importantes du roman sont celles qui se sont produites entre octobre 1922 et octobre 1923. Elles ont été faites par Radiguet ou avec son accord. En octobre 1923, la métamorphose d'où devait sortir le *Bal* est pratiquement achevée. Si fâcheuses qu'elles soient sur un certain nombre de points, les dernières corrections de Cocteau vont, en gros, dans le même sens et n'altèrent pas gravement la physionomie de l'œuvre. D'ailleurs, si Grasset avait eu ce sentiment, pourquoi aurait-il commis l'imprudence de révéler le pot aux roses en distribuant aux amis de Radiguet vingt exemplaires du texte dans « l'état exact » où l'écrivain l'avait laissé ?

Cocteau, qui n'en était pas à une contradiction près, a écrit dans *Le Mystère de l'oiseleur* [14] ces phrases étonnantes : « J'ai voulu faire du blanc plus blanc que neige et j'ai senti combien mes appareils étaient encrassés de nicotine ; alors j'ai formé Radiguet pour réussir à travers lui ce à quoi je ne pouvais plus prétendre. J'ai obtenu *Le Bal du comte d'Orgel*. » De telles affirmations ne doivent sans doute pas être prises au pied de la lettre. Elles comportent néanmoins une part de vérité incontestable, qui s'applique à toute la genèse du roman et pas seulement à son remaniement final. Il faut s'y résigner : le *Bal* est une œuvre écrite à « quatre mains », même si l'originalité personnelle de Radiguet s'y exprime de bout en bout.

14. Champion, 1925.

Quelques coupures fâcheuses

Pour permettre au lecteur de juger sur pièces, voici quelques exemples de coupures qui me paraissent regrettables : en resserrant, Cocteau supprime un détail qui avait son intérêt, élimine une explication, gomme une nuance —, bref appauvrit le texte.

Page 65, après « les cachotteries de Robin », M 3 continue ainsi : « C'est l'apanage des gens bien nés d'être de plain-pied avec des personnes qu'ils ne connaissaient pas dix minutes auparavant. Sans doute les lieux s'y prêtaient, car une des raisons de la noblesse du cirque, c'est l'absence de coulisses. Les acrobates s'habillent presque dans le couloir. Les enfants, comme sur une plage, s'ébattent sur la piste. L'endroit faisait donc ressortir davantage le touchant ridicule des mystères de Paul. »

Page 69, après « François s'assit entre eux deux » : « Il n'aurait su dire pourquoi il était à l'aise que l'on ne pût tenir que trois dans la voiture, et ne savait pourquoi il aurait considéré comme étrangère la présence de Paul, un ami de toujours. »

Page 101, après « s'efforçait de ressembler à l'autre » : « Par cette fameuse crainte du sérieux, ils se faisaient un peu bas. Chacun était frappé d'émulation. »

Page 106, après « de la nouveauté dans l'habitude », M 3 se lit ainsi : « François de Séryeuse, bouleversé par la scène du train, s'interrogeait âprement, se mettait à la question. Dans sa soif de sincérité, il se fouillait si profondément, il était même tenté de se faire dire des choses qui n'étaient point vraies, mais qui eussent pu le rendre heureux. »

Page 106, après « digne de sa mère » : « Aujourd'hui, s'il faisait en lui tout ce remue-ménage, c'est qu'enfin il avait trouvé quelqu'un qu'il trouvait digne. »

Page 110, après « jusqu'à l'hypocrisie » : « Sans doute certains êtres commandent le respect. S'avouer qu'on les désire, c'est déjà une goujaterie. Mme d'Orgel était du nombre de ces pures. »

Page 111, après : « Pourtant il résista » : « Il trouvait indigne d'essayer de se tromper, et de se débarrasser sur une femme de la tendresse destinée à une autre. »

Page 118, après « moins à l'écart de sa vie » : « Peut-être son amour l'abusait-il, et s'abusait-il lui-même sur la nature de cet amour, peut-être n'agissait-il que par la force des choses, mais. »

Page 136, après : « Il se représenta mieux son imprudence » : « Et par avarice il refusa d'acheter si cher un plaisir qui, même au moment où il le goûtait, n'avait pas été sans mélange. »

Page 136, après : « Aucune manœuvre ne l'eût mieux servi » : « Jamais les Orgel ne se séparèrent moins d'un intime. »

Page 196, après : « Mme d'Orgel fut atterrée » : « Déjà toute la soirée, l'attitude de son mari lui avait été une excuse pénible. Elle la trouva indigne. »

Page 199, après : « Mahaut se trouve mal » : « François se désespérait depuis le signal du départ. Il tenait un prétexte pour s'attarder. Aussi, dans cet égoïsme de la passion, se félicitait-il presque de cet événement. »

Page 205, après : « Anne d'Orgel se rassit, en soupirant » : « A son propre harassement, Mahaut sentit à quelles cruautés pouvait l'entraîner sa décision de rester dans le chemin. »

Certaines modifications déforment la pensée de Radiguet. J'ai cité dans ma préface la transformation de « sœur cadette » (qui s'appliquait à Mme de Séryeuse elle-même) en « sœur cadette de François ». Voici un autre exemple : à la page 196, on pouvait lire dans M 3 : « Il était dur de voir prendre l'aspect d'un clown à celui dont la seule présence eût dû la convaincre de son crime. » La phrase est maladroite. Cocteau corrige : « Il était dur de voir celui dont la seule présence eût dû convaincre François de son crime prendre l'aspect d'un clown. » Du coup, le crime change d'auteur : il devient celui de François.

On peut imaginer que Radiguet n'aurait pas accepté des corrections de ce genre, ou du moins qu'il les aurait sérieusement discutées. En revanche, il me paraît certain que Cocteau l'aurait

rallié sans peine, comme précédemment, à beaucoup des modifications ou des suppressions mineures qu'il proposait. Pourquoi alors
ne pas essayer de donner une édition du *Bal* qui retiendrait les unes
et écarterait les autres en les signalant sous forme de variantes ?
J'avais songé un moment à cette solution séduisante. Mais on ne
manquerait pas de m'objecter à juste titre l'arbitraire de mon choix.
J'ai donc décidé, en attendant la publication du travail de
Mme Odouard et de M. Oliver qui permettra aux fidèles de Radiguet
de connaître enfin le *Bal* « dans tous ses états », de m'en tenir au
texte de l'édition originale. Je me suis seulement permis de rectifier
deux ou trois erreurs typographiques évidentes [15].

Bernard Pingaud

15. Principalement celles-ci : à la page 155, on apprend que les Orgel sont
« à Venise ». Il s'agit évidemment de Vienne, puisque le voyage à Venise
n'aura jamais lieu. Radiguet avait d'ailleurs bien écrit « Vienne » dans M 3.
Mais le mot, manuscrit, est difficile à lire. Il est surprenant que cette faute, qui
saute aux yeux, ait été reproduite dans toutes les éditions successives publiées
par Grasset, jusqu'à ce que Mme Lamblin la corrige dans les *Œuvres complètes*.
    Page 104 : toutes les éditions portent : « par pitié envers ses ancêtres ».
C'est évidemment « piété » qu'il faut lire.

ALBERT THIBAUDET ET LE *BAL*

Quelques semaines seulement après la publication du Bal du comte d'Orgel, *Albert Thibaudet écrit pour la* Nouvelle Revue française, *l'article suivant :*

LA PSYCHOLOGIE ROMANESQUE

Dans sa préface au *Bal du comte d'Orgel*, Jean Cocteau a publié une fiche, trouvée heureusement dans une des boîtes de Raymond Radiguet, et qui jette sur le livre un beau pinceau de lumière. Elle commençait ainsi : « Roman où c'est la psychologie qui est romanesque. Le seul effort d'imagination est appliqué là, non aux événements extérieurs, mais à l'analyse des sentiments. » Raymond Radiguet n'énonce point, certainement, ce qu'il veut faire, mais ce qu'il a fait. Cette vue abstraite, cette réflexion critique, est née comme l'indique la rédaction, après que le *Bal* a été écrit, tout au moins en partie, — écrit non pour que l'auteur se conformât à une machine de manifeste, à une théorie littéraire, celle de la psychologie romanesque, mais afin que sortît de lui un être obscur et neuf qui voulait vivre : après le diable au corps, l'étincelle de feu mobile, le dieu dans l'esprit.

Car le *Bal* n'est plus, comme le *Diable*, de l'ordre de la promesse. Nous tenons un fruit dans la main. Ne songeons pas à la corbeille qui aurait dû être. Ne nous demandons pas si elle aurait pu être. Nous avons ce livre : il se suffit, il est. Je ne sais ce qu'il engendrera demain. Je crois qu'il agira. Aujourd'hui il dit, avec d'autres et peut-être mieux, le mot que cherchait la grappe littéraire née à l'ombre de ce grand Proust en fleur qui poussa, toute une semaine de printemps, comme un arbre de Judée dans un jardin de château français. Et il le dit, lui, en pur et sec parler de France. « Style, constate-t-il : genre mal écrit comme l'élégance doit avoir l'air mal habillée. » Formule hâtive. Corrigeons : genre non écrit (à la Stendhal) comme l'élégance doit avoir l'air non habillée, paraître une nudité civilisée. Le mot est bien celui-ci : psychologie roma-nesque.

Il y a un romanesque des événements : et l'on a le roman d'aventures ou le roman dit romanesque, que l'on découvre une fois tous les trente ans. Il y a un romanesque du style : la chasse à la tournure précieuse ou à l'épithète rare. Il y a un romanesque du milieu : dans le temps, et c'est la chasse au milieu rare que Flaubert réalise avec *Salammbô ;* dans l'espace contemporain, et c'est en bas le roman des hors-la-loi, en haut le roman des milieux mondains. Le romanesque tente, à un point donné, l'effort pour rompre avec une logique, un automatisme, un conformisme, une habitude. Mais toutes ces formes du romanesque ne touchent point, d'ordinaire, ce fond, le cœur humain, non plus que les tempêtes et les changements de la surface n'affectent les couches épaisses et calmes des eaux profondes. La logique et l'attendu, chassés par le romancier des aventures d'une vie, et de la texture du style, et de la nature des conditions, ne s'en retrouvent que mieux dans la suite des senti-ments, dans l'enchaînement de la conscience et du vouloir.

L'absence du romanesque psychologique, le contraire du roma-nesque psychologique, on les verra par exemple dans le roman de caractère, tel que Balzac en a donné les modèles. Peu ou point de romanesque de ce genre dans Goriot, Bette, ou Birotteau. L'homme est donné, avec son caractère fixé, et ses actes suivent son caractère, comme dans le roman édifiant la punition suit la faute, comme, dans le style à clichés, l'épithète suit ses substantifs accoutumés, comme, dans le roman réaliste bourgeois, le ridicule pittoresque suit le manquement aux usages. On peut même dire que plus le roman pousse loin le romanesque de l'aventure, plus une inévitable compensation l'oblige à donner à ses personnages un caractère immuable, à leur faire toujours éprouver les sentiments et accomplir l'action que le lecteur attend d'eux...

Or précisément ces caractères immuables, ces centres fixes de radiations romanesques, ce sont des abstractions. Ils fatiguent vite. Ils reposent bientôt au cimetière des livres qui n'agissent plus. Tel n'est pas assurément le cas de Balzac, parce que chez Balzac se sont réunis miraculeusement trois courants : un courant technique, celui de l'ouvrage bien fait et du roman bien bâti ; un courant psychologique, la tradition des moralistes français et particulièrement de La Bruyère, cet analyste des caractères fixés, abstraits de la vie réelle comme les œuvres de la sculpture et de la peinture donnent des abstraits du mouvement réel ; un courant enfin de mobilité sociale, vivante et changeante, l'interaction d'une société entière, d'une humanité qui marche et se crée. S'il y a chez Balzac peu de romanesque psychologique, en revanche il existe un magnifique romanesque social, et l'on peut dire qu'avec *Le Rouge et le Noir,* avec *Les Mystères de Paris,* et *Les Misérables,* avec *L'Éducation sentimentale,* le roman français, à sa grande époque productive, s'est installé à plein dans ce romanesque social.

Le romanesque psychologique apparaît lorsque les sentiments et les actions des personnages font éclater et démentent tous les cadres préconçus dans lesquels le lecteur pouvait les prévoir, et aussi dans lesquels ils pouvaient, le moment d'auparavant, se prévoir eux-mêmes. Et il est évident que la réalité implique une grande part de ce romanesque psychologique. De *Pertharite* à *Andromaque* on verrait, à l'état nu et avec une lucidité d'épure, la tragédie passer du romanesque de roman à du romanesque psychologique. On trouve-rait à de fréquents intervalles ce romanesque psychologique dans Stendhal, dans Eliot, dans Thackeray, dans Meredith. Mieux encore il règne presque en maître dans Dostoïevski. Ce romanesque passionnera un homme à la lecture des *Karamazov,* d'une manière analogue à celle dont le romanesque d'aventures passionnait un adolescent à la lecture des *Trois Mousquetaires.*

Tout roman n'est pas nécessairement romanesque, et même une partie de ses chefs-d'œuvre sont construits expressément contre le romanesque, considéré comme l'ennemi. Mais une des puissances vivantes, un des feux subtils et circulants du roman, c'est le romanesque pur, fait d'inattendu, de création et de commencement absolu : lutte contre le cliché, lequel se met d'ailleurs bientôt au service de son vainqueur et lui conquiert des sujets dociles ; lutte contre la logique ; lutte contre l'habitude ; et, jusqu'à la génération présente, une autre lutte plus salutaire et plus tonique encore : la lutte contre la conspiration générale en faveur de l'habitude, de la logique et du cliché, tout l'élément combatif qui tenait dans l'antithèse du bœuf gras et de la vache enragée. Aujourd'hui la vache enragée tend à devenir vache grasse ; une conspiration en faveur du nouveau pour le nouveau, du romanesque pour le romanesque, se forme spontanément. Et je songe à Mallarmé, qui, ayant vu à Oxford quelles commodités admirables de vie la civilisation anglaise mettait au service de l'intelligence et des livres, éprouvait tout de même un sentiment d'inquiétude ironique devant ce qu'il appelait « des états de rareté sanctionnés par le dehors ».

Devant Radiguet on a pensé souvent à Rimbaud. Je penserais aussi, et plutôt, au mathématicien Galois. Mais, à la différence des états de rareté de Rimbaud et de Galois, ceux de Radiguet furent terriblement sanctionnés par le dehors. La durée littéraire implique des lois de vie, qu'on ne viole pas impunément et l'état de *yearling* favori, comme celui de la plus belle femme de France, c'est une façon de vivre dangereusement, d'autant plus dangereusement qu'on est le dernier à sentir le danger... Le diable qu'on a au corps, quand des orchestres de palace, voire ceux du bétail tecticole, l'exaspèrent, il peut vous remonter à la gorge et vous étrangler. Radiguet est mort au seuil d'une vie, la militaire, qui lui eût fait grand bien, et l'influence de l'adjudant et du capitaine l'eût reposé heureusement de celle de Proust, de Gide et de Cocteau. « Vos jeunes, disait l'autre jour un vieux grincheux, ils mettent sur le toit le bœuf que de mon temps on avait sur la langue. » Il y eut des protestations. On égrena des analogies et des différences. On cita Jean de Tinan, on loua le bon vieux temps, on reconnut tout de même des qualités au nouveau, dont un défaut fut au moins de nous montrer Radiguet, comme le jeune Marcellus, pour nous l'enlever aussitôt. « Il était, nous assure M. Cocteau, de la race grave dont l'âge se déroule trop vite jusqu'au bout. » Un peu de ralenti eût déroulé, j'en suis persuadé, vingt chefs-d'œuvre et la carrière d'un des grands écrivains du XXe siècle.

*

Qu'est-ce que ce romanesque psychologique du *Bal du comte d'Orgel* ? Une invention perpétuelle de sentiments et d'attitudes dans un roman où il n'y a pas d'autre invention, et où le sujet, presque inexistant, n'est guère que celui de *La Princesse de Clèves*. Et, à l'origine, chez l'écrivain, un romanesque de l'intelligence, une volonté (je n'ose dire une habitude) non pas de susciter des sentiments et des attitudes sans cause, mais de les expliquer toujours par une cause dont aucun des personnages ne peut se douter, et dont la clef demeure tout entière entre les mains de l'auteur et du lecteur. Le défaut est celui-ci : nous sommes beaucoup plus occupés à admirer l'intelligence du romancier qu'à sympathiser et à vivre avec ses héros. Mais le plaisir de sympathiser et de vivre avec une intelligence aiguë, avec le laboratoire cérébral où s'élaborent les idées, les essences de la psychologie romanesque, ne vaut-il pas celui de vibrer avec la vie romanesque d'une créature fictive ? Le plan d'intérêt du *Bal du comte d'Orgel* ce ne sont pas les êtres de chair et d'os qui tournent dans ce bal, c'est l'orchestre, c'est la musique immatérielle dont les nombres et les rapports règlent leur mouvement.

Un exemple. Anne d'Orgel, ayant appris que sa femme et François, qui s'aiment sans se l'avouer, sont parents, les oblige à s'embrasser.

« Mme d'Orgel se recula. Ni elle ni Séryeuse n'avaient plus envie de s'embrasser que d'entrer vifs dans le feu, mais chacun pensa qu'il fallait n'en rien révéler à l'autre. C'est pourquoi ils s'exécutèrent en riant. François posa un gros baiser sur les joues de Mahaut, dont la figure prit une expression méchante. Elle en voulait à son mari de cette contrainte et à Séryeuse du rire qu'il avait eu. Car si elle savait ce que signifiait son propre rire, elle ne soupçonnait pas le sens de celui de François. »

C'est charmant et c'est vrai. Mais où est ici le centre d'intérêt et de vie ? Dans aucun des trois personnages, dans aucune des trois attitudes. Il est dans cette explication, dont on ne saurait se passer, et surtout dans ce fait que cette explication appartient au point de vue du romancier ou du lecteur, point de vue qui ne peut être réalisé dans une sensibilité vivante, mais seulement dans le lieu idéal d'une intelligence abstraite. Sans être nouveau, cela est plus rare qu'on ne pourrait supposer. Dans la psychologie classique, celle de Racine ou de Stendhal, il y a généralement quelqu'un qui sait, et avec qui l'auteur s'efforce, pour un moment, de coïncider. Ici personne ne sait, et l'auteur ne coïncide qu'avec un lieu géométrique situé nécessairement en dehors de ses personnages. Mais d'autre part on trouverait bien des pages analogues chez Marivaux, chez Dostoïevski, et chez Proust. Et la littérature la plus récente nous habitue davantage encore à ce tour, à cette comédie des erreurs vue d'un point de vue d'intelligence. Je songe à *Thomas l'imposteur* de Jean Cocteau. Et aussi à Giraudoux et à Morand. La pente de facilité est d'ailleurs là, tout près. Dans un *Manuel du parfait plagiaire,* qui a fait mes délices, et où les pastiches de Georges-Armand Masson font rouler, comme sur des montagnes russes de foire, les écrivains sur cette pente, on nous montre Giraudoux recueillant, pour nourrir ses romans, des jeux de petits papiers : « X a rencontré Y ; A quel endroit ? Que lui a-t-il dit ? Que lui a-t-elle répondu ? Où sont-ils allés ? Qu'ont-ils fait ? Qu'en est-il résulté ? » La même plaisanterie, ou à peu près, sert pour le pastiche de Morand. Et elle servirait pareillement, si on voulait, pour Radiguet. Elle signifierait simplement le désarroi de l'esprit logique, habituel aux critiques, devant des associations bizarres. Mais l'habitude nous rend vite cette logique familière. Chez Radiguet comme chez Morand, je suis frappé non par la facilité et l'abondance, mais par le conscient, le ramassé, le sec et le net. Il avait, dit Cocteau « le cœur dur. Son cœur de diamant ne réagissait pas au moindre contact. Il lui fallait du feu et d'autres diamants. Il négligeait le reste ».

La scène du chapeau, à la fin du livre, paraît le chef-d'œuvre de ce romanesque psychologique. Un chapitre du chapeau avait déjà permis à Rostand de donner le fin du fin romanesque verbal et précieux, à Proust celui du romanesque mondain. Est-ce que le chapeau, forme vide de la tête, étui du roseau pensant, girouette du clocher humain... ? Mais quel romanesque de seconde cuvée vais-je faire à mon tour ?

*

Dans la note que j'ai citée, Radiguet se défend de traiter le cadre mondain de son roman à la manière de Proust. Et ce Proust qui l'inquiète paraît bien l'auteur qui a le plus agi sur lui.

Mais notons aussi comme un signe utile ce besoin d'un romanesque nouveau qui apparaissait quelque temps avant la guerre, celui dont Jacques Rivière témoignait dans « Le Roman d'aventure », celui qu'on pouvait découvrir dans deux livres dont l'action s'est prolongée tout le long des années de guerre *and after : Les Caves du Vatican* et *Le Grand Meaulnes*. Seulement, dans l'un et l'autre, le roman d'aventures tourne autour du roman que j'appellerai encore lourdement, usant des mots qu'on m'a appris au collège, roman de caractère. Ici le roman de l'aventurier. La dernière phrase du *Grand Meaulnes* marque avec précision ce « caractère » aventurier. Lafcadio porte des actes gratuits et Meaulnes des aventures comme le pommier porte des pommes. Ils sont appelés par des vocations, ils suivent des lignes, nous leur posons des étiquettes. Il y a dans *Le Libertinage*, de Louis Aragon, une *Demoiselle aux principes*, qui est précisément dédiée à André Gide, et que je poserais volontiers, comme un coq brillant, sur le clocher que je suis en train d'échafauder. Après l'avoir lue, on appellerait fort bien la critique Céline, de même qu'on dénomme la censure Anastasie. Or, plus encore qu'aux *Caves*, Céline serait dépaysé au *Bal*. Les personnages du *Bal* ont nécessairement des caractères, puisqu'ils ont un passé. Mais il semble que pour Radiguet leurs actions ou leurs sentiments ne soient intéressants, et psychologiquement romanesques, que lorsqu'ils démentent ce caractère qu'ils ont, le retournent ou le dévient brusquement, le remplacent par le caractère qu'on leur croit, ou qu'ils veulent faire croire, et qui, s'aperçoit-on, est aussi à eux que l'autre.

Devant le romanesque et l'inattendu de cette psychologie, je songe au romanesque et à l'inattendu des images chez Giraudoux. Mais ces deux esprits si souples s'exercent sur les matières les plus opposées. Chez Radiguet ce sont des virages ; les virages d'une route de montagne ; la main étonnamment sûre qui tient la direction donne une héroïque vitesse. Chez Giraudoux ce sont des méandres ; les méandres d'eau verte dans une gorge rocheuse et fleurie ; ni direction ni vitesse, mais la sympathie avec une délicieuse dérive, sur un radeau d'images. Le critique, avec son bâton ferré, ses gros souliers et sa peau de bouc, a grimpé des côtes. Le voilà sur le plateau qui domine la vallée. Il jette son sac et s'assied dans l'herbe. Le torrent et la route sont deux détails, deux signes, avec bien d'autres, dans le paysage. Ces analogies entre le dessin de l'un et celui de l'autre, cette opposition de leur matière et de leurs usages, une géologie assez simple les explique. Il y a une géologie du temps présent. (Mais Radiguet nous dit d'aller plus vite, et les méandres de Giraudoux devraient nous apprendre à changer plus rapidement nos images. Passons.)

L'essentiel est de voir à la source de ce romanesque psychologique une étonnante capacité d'abstraction, de schématisme et de mouvement. Je rappelais tout à l'heure le génie mathématique de Galois ; mais un écrivain n'est pas un théoricien, c'est un praticien, et la psychologie de Radiguet me ferait plutôt songer à celle des calculateurs et des joueurs d'échecs, phénomènes eux aussi dès leur jeunesse. On sait, depuis l'enquête d'Alfred Binet, qu'un joueur d'échecs capable de jouer sans voir plusieurs parties à la fois n'imagine pas mentalement, comme on le croyait, le détail des échiquiers. Ce qu'il possède dans la tête, ce n'est pas la vision matérielle des parties qui s'y jouent, c'est le thème, le schème moteur, le dynamisme idéal de ces parties, qu'il épouse comme le chauffeur épouse le mouvement de sa machine, comme la parole ou le style épousent celui d'une langue. Radiguet joue ainsi des parties d'échecs psychologiques. Il pense ces parties d'échecs comme des mouvements de pièces qui n'existent pas par elles-mêmes, mais qui existent dans un jeu qu'il mène et dont la complication lui est une joie.

A chaque page, des mouvements qui sont aussi bien ceux de la tour et du fou que ceux d'un cœur de femme ou d'un cœur d'homme. Au geste sûr et dur de l'écrivain, correspond le bruit sec de l'ivoire sur l'ivoire. « Que l'amour est d'une étude délicate ! Mahaut qui croyait n'avoir pas à se rapprocher d'Anne, s'en rapprochait bel et bien : mais ces deux pas en avant ne les faisait-elle pas par mesure, et parce qu'Anne en faisait deux en arrière ? »

Tout l'esprit de Radiguet, ou plutôt de la partie jouée par Radiguet sur un échiquier qu'il ne daigne pas étaler et auquel sa tête suffit, il tient dans les trois dernières pages du livre. « Elle regardait son mari, mais le comte d'Orgel ne vit pas qu'il avait devant lui une autre personne. Mahaut regardait Anne, assise dans un autre monde. Dans sa planète le comte, lui, n'avait rien vu... » Voilà le mot. Les personnages, à commencer par Mahaut et François, sont aussi étrangers les uns aux autres que des planètes : planètes qui s'ignorent, en ce que l'une ne peut rien connaître dans l'autre de ce qui fait la vie, rien du moindre brin végétal ou animal ; mais planètes que nous pensons, par le réseau de nos formules et le mécanisme de notre calcul, comme les parties solidaires d'un grand échiquier en mouvement ; liées, mariées, rapprochées par le dehors, séparées par leur intérieur solitaire.

J'exagère peut-être ce côté de l'œuvre de Radiguet. Mais je crois que, s'il eût vécu, d'autres œuvres l'eussent plus exagéré encore. Il y avait dans son génie de romancier ce que l'on sent dans le génie poétique de Valéry : une capacité foudroyante de mobilité. Victor Hugo louait Baudelaire d'avoir trouvé un frisson nouveau. L'important, pour un artiste d'aujourd'hui, est peut-être de trouver un mouvement nouveau, une manière nouvelle moins d'avoir des idées que de sauter des idées, les idées intermédiaires, le plus d'idées intermédiaires possible. Un jeu dangereux, dira-t-on. Un jeu vivant. Le jeu de la pointe de diamant qui fore quelque chose. Mallarmé approuverait, reconnaîtrait les siens. Son *Coup de dés* et le jeu d'échecs de Radiguet se jouent à des tables éloignées, mais entre lesquelles, pour peu qu'on se promène dans le café, on voit toute une littérature faire le pont. Un pont de marbre. — Ou un pont de bateaux ? — Il y faudrait tout un dialogue : remettons-le à un autre jour.

Albert Thibaudet

1ᵉʳ août 1924.

PETITE BIBLIOGRAPHIE CRITIQUE

I. *Éditions du* Bal du comte d'Orgel

Publié en 1924 chez Grasset avec une préface de Cocteau et réédité régulièrement, *Le Bal du comte d'Orgel* a fait son apparition dans le « Livre de poche » en 1959.

En 1952, les éditions Grasset ont publié un volume intitulé *Œuvres complètes*. On y trouve le *Diable*, le *Bal*, *Les Joues en feu* et des textes divers (dont *Denise* et *Les Pélicans*). Cette édition a été, depuis, réimprimée dans la collection « Ressources » chez Slatkine Reprints, Genève, 1981.

L'édition en deux volumes des *Œuvres complètes*, établie par Simone Lamblin (Paris, Club des Libraires de France, 1959), s'enrichit de nombreux inédits nouveaux (dont les *Notes romanesques*). Elle ne comporte malheureusement aucun appareil critique et est devenue introuvable.

II. *Sur Radiguet*

La littérature critique sur Radiguet en général n'est pas très abondante. On peut citer :

GOESCH (Keith) : *Raymond Radiguet*, Paris, La Palatine, 1955.
NOAKES (David) : *Radiguet*, Paris, Seghers, « Poètes d'aujour-d'hui », 1969.
BORGAL (Clément) : *Radiguet*, Paris, Éditions universitaires, 1969.

BOILLAT (Gabriel) : *Un maître de 17 ans : Raymond Radiguet,* Neuchâtel, La Baconnière, 1973.

ODOUARD (Nadia) : *Les Années folles de Raymond Radiguet,* Paris, Seghers, « L'Archipel », 1973 (avec une bibliographie très complète).

Raymond Radiguet et l'amour, thèse de doctorat, Université de Paris-Sorbonne, Paris, 1974.

Jean Cocteau a parlé de Radiguet à de nombreuses reprises, notamment dans *Le Rappel à l'ordre* (Paris, Stock, 1926), *La Difficulté d'être* (Paris, Morihien, 1947) et ses *Entretiens avec André Fraigneau,* diffusés en 1951 et édités quinze ans plus tard (Paris, Bibliothèque 10/18, 1965).

III. *Sur* Le Bal du comte d'Orgel

L'étude la plus complète est évidemment la thèse complémentaire de Mme Nadia Odouard, *Le Bal du comte d'Orgel, édition critique,* Université de Paris-Sorbonne, 1974. On peut la consulter à la bibliothèque de la Sorbonne et à la bibliothèque des Lettres de l'Université Paris VII. Elle contient une bibliographie détaillée des études et articles publiés sur le roman.

La plupart de ces textes datent de 1924 et ont paru dans des journaux. En 1952, la publication des *Œuvres complètes* chez Grasset a suscité un regain d'intérêt pour Radiguet, et une série de nouveaux articles dont on peut détacher :

COCTEAU (Jean) : « Cet élève qui devint mon maître », *Les Nouvelles littéraires,* 5 juin 1952.

NADEAU (Maurice) : « Les *Œuvres complètes* de R. Radiguet », Paris, *Mercure de France,* 1er septembre 1952.

PONS (Maurice) : « Radiguet », *La Table ronde,* 1er septembre 1952.

Deux études déjà anciennes gardent toute leur valeur :

— l'article de Thibaudet de 1924 (voir ci-dessus).
— les pages consacrées par Claude-Edmonde Magny au « cruel Radiguet » et aux « enfants de *La Princesse de Clèves* » dans son

chapitre « Les romanciers moralistes », *Histoire du roman français depuis 1918*, Paris, Le Seuil, 1950.

On y ajoutera les deux articles de M. Andrew Oliver :

— « Cocteau, Radiguet et la genèse du *Bal* », *Cahiers Jean Cocteau* n° 4, Paris, Gallimard, 1973.
— « *Le Bal du comte d'Orgel*, structure, mythe et signification », *Revue des langues romanes*, t. LXXXI et LXXXII, Montpellier, 1975-1976.

Enfin, la comparaison avec *La Princesse de Clèves* a fait l'objet d'un examen minutieux dans :

Senninger (Marie-Claude) : « *Le Bal du comte d'Orgel*, une *Princesse de Clèves* du XXᵉ siècle », *Symposium*, XVII, n° 2, été 1963.

DU MÊME AUTEUR

dans la même collection

LE DIABLE AU CORPS. *Édition présentée par André Berne Joffroy.*

COLLECTION FOLIO

Dernières parutions

Impression Bussière à Saint-Amand (Cher),
le 13 mai 1983.
Dépôt légal : mai 1983.
Numéro d'imprimeur : 614.
ISBN 2-07-037476-9. Imprimé en France.